Nueve meses después...
Sarah Morgan

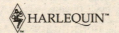
HARLEQUIN™

Editado por HARLEQUIN IBÉRICA, S.A.
Núñez de Balboa, 56
28001 Madrid

© 2010 Sarah Morgan. Todos los derechos reservados.
NUEVE MESES DESPUÉS…, N.º 2077 - 11.5.11
Título original: One Night... Nine-Month Scandal
Publicada originalmente por Mills & Boon®, Ltd., Londres.

I.S.B.N.: 978-84-671-9995-6
Depósito legal: B-11370-2011
Editor responsable: Luis Pugni
Preimpresión y fotomecánica: M.T. Color & Diseño, S.L.
C/ Colquide, 6 portal 2 - 3º H. 28230 Las Rozas (Madrid)
Impresión en Black print CPI (Barcelona)
Fecha impresion para Argentina: 7.11.11
Distribuidor exclusivo para España: LOGISTA
Distribuidor para México: CODIPLYRSA
Distribuidores para Argentina: interior, BERTRAN, S.A.C. Vélez Sársfield, 1950. Cap. Fed./ Buenos Aires y Gran Buenos Aires, VACCARO SÁNCHEZ y Cía, S.A.
Distribuidor para Chile: DISTRIBUIDORA ALFA, S.A.

Capítulo 1

ME DA IGUAL que esté en medio de una conferencia, esto es urgente!

Alekos levantó la mirada cuando Dmitri, el director jurídico de la naviera Zagorakis, entró en su despacho con un montón de papeles en la mano y el rostro de color escarlata.

—Tengo que colgar —Alekos interrumpió la conferencia con su equipo en Nueva York y Londres—. Como no te he visto correr en los diez años que llevas trabajando para mí, imagino que traes malas noticias. ¿Se ha hundido un carguero?

—Rápido, conéctate a Internet —el normalmente tranquilo Dmitri recorrió el espacio que los separaba en dos zancadas, chocó contra el escritorio y tiró los papeles por el suelo.

—Ya estoy conectado —intrigado, Alekos miró la pantalla—. ¿Qué se supone que debo buscar?

—Ve a eBay —le pidió Dmitri, con voz estrangulada—. Ahora mismo. Tenemos tres minutos para pujar.

Alekos no perdió el tiempo diciendo que hacer pujas por Internet no solía formar parte de su jornada de trabajo. En lugar de eso, accedió a la página y miró a su abogado con expresión interrogante.

—Escribe «diamantes»... grandes diamantes blancos.

Alekos tuvo una premonición. Pero no, no podía ser. No podía haberlo hecho.

Pero cuando la página de eBay apareció en la pantalla masculló una maldición en griego mientras Dmitri se dejaba caer sobre una silla.

–¿Me he vuelto loco o el diamante Zagorakis está siendo vendido en eBay?

Alekos asintió con la cabeza.

Ver ese anillo lo hacía pensar en ella y pensar en ella desataba una reacción en cadena que lo sorprendió por su intensidad. Incluso después de tantos años de ausencia, Kelly podía hacerle eso, pensó.

–Es el diamante Zagorakis, sí. ¿Seguro que es ella quien lo vende?

–Eso parece. Si hubiera estado antes en el mercado nos lo habrían notificado. Tengo un equipo de gente investigando ahora mismo, pero la puja ya ha llegado al millón de dólares. ¿Por qué eBay? –inclinándose, Dmitri reunió los papeles que había dejado caer al suelo–. ¿Por qué no Christie's o Sotheby's o alguna de las famosas casas de subastas? Es una decisión muy extraña.

–No es extraña –con la mirada fija en la pantalla, Alekos sonrió–. Es justo lo que haría ella. Kelly nunca iría a Christie's o Sotheby's.

Que fuese una persona tan normal era algo que siempre le había parecido encantador. No era pretenciosa, un atributo raro en el mundo falso en el que vivía.

–Bueno, da igual –Dmitri tiró de su corbata como si lo estuviera estrangulando–. Si la puja ha llegado al millón de dólares hay muchas posibilidades de que alguien sepa que se trata del diamante Zagorakis. ¡Tenemos que detenerla! ¿Por qué lo hace? ¿Por qué no lo hizo hace cuatro años? Entonces tenía razones para odiarte.

Alekos se echó hacia atrás en el sillón, considerando la pregunta. Y cuando habló, lo hizo en voz baja:

–Ha visto las fotografías.

–¿De Marianna y tú en el baile benéfico? ¿Crees que habrá oído rumores de que vuestra relación es seria?

Alekos miró la pantalla.

–Sí.

El anillo lo decía todo. Su presencia en la pantalla decía: «esto es lo que pienso de lo que hubo entre nosotros». Era el equivalente a tirar el diamante al río, pero mucho más efectivo. Estaba vendiéndolo al mejor postor de la manera más pública posible y el mensaje era claro: «este anillo no significa nada para mí».

«Nuestra relación no significa nada».

Estaba furiosa.

Alekos se levantó abruptamente, pensando que eso dejaba claro que había hecho lo que debía. Marianna Konstantin jamás haría algo tan vulgar como vender un anillo en eBay. Era demasiado discreta y educada como para eso. Siempre impecable, era una chica callada y discreta. Y, sobre todo, no quería casarse.

Luego volvió a mirar el anillo en la pantalla, imaginando la emoción que había detrás de esa venta. No había nada contenido. La mujer que vendía el anillo entregaba libremente sus emociones.

Recordando lo «libremente» que lo hacía, Alekos tuvo que apretar los labios. Sería bueno, pensó, romper ese último lazo entre ellos. Y aquél era el momento.

–Puja por él, Dmitri.

Su abogado lo miró con cara de sorpresa.

–¿Pujar? ¿Cómo? Hace falta tener una cuenta en eBay y no hay tiempo para eso.

–Necesitamos un universitario –Alekos pulsó el botón del intercomunicador–. Dile a Eleni que venga ahora mismo. De inmediato, sin perder un minuto.

Unos segundos después, la secretaria más joven del equipo apareció en el despacho.

–¿Quería hablar conmigo, señor Zagorakis?

–¿Tienes una cuenta en eBay?

Sorprendida por la pregunta, la chica tragó saliva.

–Pues sí...

–Necesito que pujes por algo –sin dejar de mirar la pantalla, Alekos le hizo un gesto para que se acercase. Dos minutos, tenía dos minutos para pujar por el diamante, para recuperar algo que nunca debería haber dejado de ser suyo–. Entra en tu cuenta y haz lo que tengas que hacer para pujar.

–Ahora mismo –nerviosa, la chica se sentó en el sillón y escribió su contraseña. Pero le temblaban las manos de tal modo que la escribió mal y tuvo que volver a hacerlo.

–Tómate tu tiempo, tranquila –Alekos miró a Dmitri, que parecía a punto de sufrir un infarto.

Por fin, Eleni escribió la contraseña correcta y sonrió, aliviada.

–¿Por cuánto dinero debo pujar?

–Dos millones de dólares.

La chica dejó escapar un gemido.

–¿Cuánto ha dicho?

–Dos millones –Alekos observó el reloj que llevaba la cuenta atrás. Dos minutos, tenían dos minutos para pujar–. Hazlo ahora mismo.

–Pero el límite de mi tarjeta de crédito son quinientas libras. No puedo...

–Pero yo sí y soy yo quien va a comprarlo –Alekos se dio cuenta de que la chica estaba muy pálida–. No te desmayes. Si te desmayas no podrás pujar. Dmitri, como director jurídico de la empresa, será testigo de este acuerdo. No tendrás ningún problema, no te preocupes. Tenemos treinta segundos y esto es muy importante para mí. Hazlo, por favor.

–Sí, claro... lo siento –con manos temblorosas, Eleni escribió la cantidad en la casilla adecuada–. Ahora soy... o sea, usted es quien más ha pujado.

Alekos levantó una ceja.

–¿Está hecho entonces?

–Mientras nadie haga una puja más alta en el último segundo...

Alekos, que no quería arriesgarse, buscó la casilla de puja y escribió *cuatro millones de dólares*.

Cinco segundos después, el anillo era suyo y estaba sirviéndole un vaso de agua a la pobre Eleni.

–Estoy impresionado. Respondes bien bajo presión y has hecho lo que tenías que hacer. No lo olvidaré, Eleni. Y ahora dime dónde tengo que enviar el dinero. ¿El vendedor da su nombre y su dirección?

Tenía que decidir si hacía aquello en persona o lo ponía en manos de sus abogados.

Sus abogados, le decía el sentido común. Por la misma razón por la que no había intentado encontrarla en esos cuatro años.

–Puede enviar por e-mail las preguntas que quiera

–dijo Eleni, mirando el diamante en la pantalla–. Es un anillo precioso, por cierto. Muy romántico.

Alekos no se molestó en desilusionarla.

¿Había sido él romántico alguna vez? Si ser romántico consistía en tener un impulsivo y vertiginoso romance con alguien, entonces sí lo era. Una vez. O tal vez «cegado por el deseo» sería una mejor manera de describirlo. Afortunadamente, había recuperado a tiempo el sentido común.

Y desde entonces había tratado las relaciones sentimentales como si fueran acuerdos comerciales... como su relación con Marianna. Era mucho más sensato. No sentía el menor deseo de entenderla y Marianna no había mostrado la menor intención de entenderlo a él.

Eso era mucho mejor que una chica que se te metía en la piel y te volvía loco.

Alekos miró hacia la ventana mientras Dmitri sacaba a Eleni del despacho, prometiendo lidiar con el aspecto financiero de la transacción más tarde.

Su abogado cerró la puerta y se volvió hacia él.

–Haré que transfieran el dinero y recojan el anillo.

–No –empujado por algo que prefería no analizar, Alekos metió una mano en el bolsillo de la chaqueta–. No quiero ese anillo en las manos de nadie. Iré a buscarlo yo mismo.

–¿En persona? –exclamó Dmitri–. No has visto a esa chica en cuatro años porque decidiste que era mejor no volver a verla nunca. ¿Tú crees que es buena idea?

–Yo siempre tengo buenas ideas.

Tenía que terminar con aquello para siempre, pensó mientras se dirigía a la puerta. Le daría el dinero, se llevaría el anillo y seguiría adelante con su vida como si no hubiera pasado nada.

–Respira, respira, respira. Pon la cabeza entre las rodillas... eso es. No vas a desmayarte. Muy bien, muy bien. Y ahora, intenta decirme qué ha pasado.

Kelly intentó hablar, pero ningún sonido salía de su garganta y se preguntó si sería posible quedarse muda de una sorpresa.

Su amiga la miró, exasperada.

–Kel, te doy treinta segundos para que digas algo o te tiro un cubo de agua fría por la cabeza.

Kelly respiró profundamente y lo intentó de nuevo:

–He vendido...

–¿Qué has vendido? –la animó Vivien.

–El anillo.

–Ah, por fin hacemos algún progreso. Has vendido un anillo. ¿Qué anillo? –los ojos de Viv se iluminaron de repente–. Caray, ¿no habrás vendido *el anillo*?

Kelly asintió con la cabeza, intentando respirar de nuevo.

–He vendido el anillo... en eBay.

Se había mareado y sabía que estaría tirada en el suelo, desmayada, si no estuviera sentada.

–Muy bien, de acuerdo. Entiendo que estés nerviosa. Llevabas cuatro años llevando ese anillo al cuello... demasiado tiempo probablemente dado que el canalla que te lo regaló no se molestó en aparecer el día de la boda –asintió Vivien–. Pero por fin has visto la luz y lo has vendido, no pasa nada. No hay razón para ponerse enferma. Estás pálida como un muerto y yo no sé nada de primeros auxilios. Cerraba los ojos en las clases porque me da asco la sangre, así que no te pongas peor.

–Vivien...

–¿Qué hago, te doy una bofetada? ¿Te levanto las piernas para que te llegue la sangre a la cabeza? Dime qué tengo que hacer. Sé que esto te ha traumatizado, pero han pasado cuatro años, por favor.

Kelly tragó saliva, apretando la mano de su amiga.

–Lo he vendido.

–Que sí, que sí, que has vendido el anillo, ya lo sé. Olvídate del asunto y sigue adelante con tu vida... sal por ahí y acuéstate con un extraño para celebrarlo. Tú no quieres creerlo, pero te aseguro que tu novio griego no es el único hombre en la Tierra.

–Por cuatro millones de dólares.

–O podríamos abrir una botella de champán y... ¿qué has dicho? –Vivien se dejó caer al suelo–. Por un momento, me había parecido escuchar cuatro millones de dólares.

–Cuatro millones –repitió Kelly–. Vivien, no me encuentro bien.

–Yo tampoco me encuentro bien, pero no podemos desmayarnos las dos. Podríamos darnos un golpe en la cabeza y encontrarían nuestros cadáveres descompuestos dentro de una semana... o no nos encontrarían nunca porque tu casa siempre está como una leonera –Viv sacudió la cabeza, incrédula–. Seguro que ni siquiera has hecho testamento. Yo sólo tengo una bolsa llena de ropa sucia y un montón de facturas y tú tienes cuatro millones de dólares. Cuatro millones. Dios mío, nunca había tenido una amiga rica. Ahora soy yo la que necesita respirar –tomando una bolsa de papel del suelo, sacó las dos manzanas que había dentro y metió la cara en ella, respirando ruidosamente...

Kelly se miró las manos, preguntándose si dejarían de temblar si se sentaba sobre ellas. Le temblaban desde que encendió el ordenador y vio la puja final.

—Tengo que... calmarme. Y tengo que revisar los exámenes de lengua antes de mañana.

Vivien se quitó la bolsa de la cara.

—No digas tonterías. No tendrás que volver a dar clases en toda tu vida. Puedes dedicarte a vivir como una reina a partir de ahora. Ve al colegio mañana, presenta la renuncia y vete a un spa. ¡Podrías estar diez años en un spa!

—Yo no haría eso, me encanta ser profesora. Cuando llegan las vacaciones estoy deseando que terminen para volver a clase.

—Ya, ya...

—Me encantan los niños. Son lo más parecido a una familia que voy a tener nunca.

—Por el amor de Dios, Kel, tienes veintitrés años, no ochenta. Además, ahora eres rica, los hombres harán cola para dejarte embarazada.

Kelly hizo una mueca.

—Tú no sabes lo que es el romanticismo, ¿verdad?

—Soy realista. Ya sé que te encantan los niños y me parece muy raro. A mí me gustaría retorcerles el pescuezo... tal vez deberías darme a mí el dinero y yo presentaré la renuncia. ¡Cuatro millones de dólares! ¿Cómo es posible que no supieras que valía tanto?

—No lo pregunté. El anillo era especial porque me lo había regalado él, no por su valor material. No se me ocurrió que pudiera ser tan caro.

–Tienes que ser práctica además de romántica. Puede que él fuera un canalla, pero al menos no era un canalla tacaño –Vivien clavó los dientes en una manzana–. Cuando me dijiste que era griego pensé que sería camarero o algo así.

Kelly se puso colorada. No le gustaba hablar de ello porque le recordaba lo tonta que había sido. Y lo ingenua.

–No era camarero –murmuró, cubriéndose la cara con las manos–. No quiero ni pensar en ello. ¿Cómo pude imaginar que iba a salir bien? Él era un hombre súper inteligente, súper sofisticado, súper rico. Yo no soy súper nada.

–Sí lo eres –objetó Vivien, siempre tan leal–. Tú eres súper desordenada, súper despistada y...

–Cállate, anda. No necesito saber las razones por las que no salió bien –Kelly se preguntaba cómo podía seguir doliéndole tanto después de cuatro años–. Me gustaría encontrar una razón por la que *podría* haber salido bien.

Vivien dio otro mordisco a la manzana, pensativa.

–Tienes unos súper pechos.

Kelly se cubrió el pecho con los brazos.

–Gracias –murmuró, sin saber si reír o llorar.

–De nada. Bueno, ¿y de dónde saca su dinero tu súper ex novio?

–Tiene una naviera... una grande, con muchísimos barcos.

–No me lo digas, súper barcos. ¿Por qué no me lo habías contado antes? –Vivien sacudió la cabeza–. O sea, que es millonario, ¿no?

–He leído en algún sitio que es multimillonario.

–Ah, bueno, ¿qué importancia tienen unos cuantos millones entre amigos? Pero entonces, y no te lo tomes a mal, ¿cómo os conocisteis? Yo llevo viviendo los mismos años que tú y nunca he conocido a un millonario. Y mucho menos a un multimillonario. Podrías darme algún consejo.

–Cuando terminé la carrera me fui de vacaciones a Corfú, en Grecia. Sin darme cuenta entré en una playa privada, pero yo no sabía que lo fuera. Me había dejado la guía en el hotel y estaba mirando aquel paisaje maravilloso, no los carteles –Kelly dejó escapar un suspiro–. ¿Podemos hablar de otra cosa? Ése no es mi tema favorito.

–Sí, claro. Podemos hablar de qué vas a hacer con cuatro millones de dólares.

–No lo sé –Kelly se encogió de hombros–. ¿Pagar a un psiquiatra para que me cure del shock?

–¿Quién ha comprado el anillo?

–No lo sé, alguien con mucho dinero evidentemente.

Vivien la miró, exasperada.

–¿Y cuándo tienes que entregarlo?

–Una chica me ha enviado un mensaje diciendo que vendrían a buscarlo en persona mañana. Y le he dado la dirección del colegio por si acaso eran gente rara –Kelly tocó el anillo, que llevaba en una cadenita al cuello bajo la blusa, y Vivien suspiró.

–Nunca te lo quitas. Incluso duermes con él puesto.

–Porque soy muy desordenada y me da miedo perderlo.

–Déjate de excusas. Ya sé que eres desordenada, pero llevas el anillo porque sigues enamorada de él.

Has seguido enamorada de él estos cuatro años. ¿Por qué decidiste vender el anillo de repente, Kel? ¿Qué ha pasado? Esta última semana has estado muy rara.

–Vi fotografías de él con otra mujer. Rubia, delgadísima, ya sabes a qué me refiero. La clase de mujer que hace que una quiera dejar de comer para siempre... hasta que te das cuenta de que incluso dejando de comer nunca tendrías ese aspecto –Kelly suspiró–. Y pensé que conservar el anillo estaba evitando que rehiciera mi vida. Es una locura, yo estoy loca.

–No, ya no. Por fin has recuperado la cordura –Vivien se apartó el pelo de los ojos con un gesto dramático–. Tú sabes lo que esto significa, ¿verdad?

–¿Que tengo que olvidarme de él para siempre?

–No, que se terminó lo de comer pasta barata. Esta noche vamos a pedir una pizza que lleve de todo y vas a pagar tú. ¡Yupi! –exclamó su amiga, levantando el teléfono–. ¡Vamos a darnos la gran vida!

Alekos Zagorakis bajó del Ferrari y miró el viejo edificio de estilo victoriano: una escuela de primaria en Hampton Park.

Por supuesto, Kelly trabajaba con niños. Era lo más lógico.

Fue el día que leyó en la prensa que pensaba tener cuatro hijos cuando la dejó plantada.

Alekos miró el edificio. La verja estaba rota por varios sitios y unos plásticos cubrían parte del tejado, presumiblemente para evitar las goteras.

En ese momento sonó una campanita y, un segundo después, un montón de niños salieron al patio, empujándose unos a otros. Una joven los seguía, contestando preguntas, intentando contener discusiones y, en general, controlando el caos. Llevaba una sencilla falda negra, zapatos planos y una blusa de color claro. Alekos no la miró dos veces, demasiado ocupado buscando a Kelly.

De nuevo, estudió el viejo edificio, pensando que debía haberse equivocado. ¿Por qué iba Kelly a enterrarse en aquel sitio?

Estaba a punto de volver al coche, pensando que le habían dado una dirección errónea, cuando oyó una risa que le resultaba familiar. Y, de repente, se encontró mirando de nuevo a la joven profesora de falda negra y zapatos planos.

No se parecía a la alegre adolescente que había conocido en la playa de Corfú y estaba a punto de darse la vuelta cuando ella giró la cabeza.

Llevaba el pelo firmemente sujeto con un prendedor, pero era del mismo tono castaño...

Alekos arrugó el ceño, quitándole mentalmente esa ropa tan aburrida para ver a la mujer que había debajo.

La joven sonrió entonces y Alekos se quedó sin respiración porque era imposible no reconocer esa sonrisa. Una sonrisa amplia, generosa, auténtica. Sin pensar, bajó la mirada hasta sus piernas... sí, eran las mismas piernas, largas y preciosas. Unas piernas hechas para que un hombre perdiese la cabeza. Unas piernas que una vez se habían enredado en su cintura...

Los gritos de los niños interrumpieron sus pensamientos. Un grupo de chicos había visto el Ferrari y, de inmediato, Alekos lamentó no haber aparcado más lejos.

Los niños corrían por el patio para acercarse a la verja que separaba el colegio del resto del mundo y él los miró como otro hombre miraría a un animal peligroso.

—¡Menudo cochazo!

—¿Es un Porsche? Mi padre dice que el mejor coche del mundo es el Porsche.

—Cuando sea mayor voy a tener uno como ése.

Alekos no sabía qué decir, de modo que se quedó callado. Pero enseguida vio que Kelly giraba la cabeza. Por supuesto, ella se daría cuenta rápidamente de que alguna de sus ovejitas había escapado del rebaño, Kelly era ese tipo de persona. Era desordenada, ruidosa y cariñosa. Y no se habría quedado callada si unos niños se dirigían a ella.

Alekos vio que estaba pálida, el tono de su piel destacando el inusual azul zafiro de sus ojos.

Evidentemente no conocía a mucha gente que condujera un Ferrari, pensó. Y el hecho de que se sorprendería de verlo aumentó su furia.

¿Qué había esperado, que se quedara de brazos cruzados mientras vendía el anillo, el anillo que él había puesto en su dedo, al mejor postor?

Desde el otro lado del patio sus ojos se encontraron.

El sol apareció por detrás de una nube, dándole reflejos dorados a su pelo. Le recordaba a aquella tarde en la playa de Corfú. Entonces Kelly llevaba un minúsculo bikini de color turquesa y una sonrisa avergonzada...

Pero no quería pensar en eso, de modo que volvió al presente.

–¡Chicos! –su voz era como chocolate derretido con un poco de canela, suave con un toque de especias–. No os subáis a la verja, ya sabéis que es peligroso.

Alekos se sintió absurdamente decepcionado. Cuatro años antes, Kelly hubiera salido corriendo por el patio con el entusiasmo de un cachorro para echarse en sus brazos.

Y que estuviera mirándolo como si hubiera escapado de una reserva de tigres lo ponía aún más tenso.

Alekos miró al niño más cercano, la necesidad de información desatando su lengua.

–¿Es vuestra profesora?

–Sí, es nuestra profesora –a pesar de la advertencia de Kelly, el chico puso una rodilla en la pared e intentó apoyarse en la verja–. No parece muy estricta, pero si haces algo malo... ¡zas!

–¿Os pega?

–¿Qué? –el chaval soltó una carcajada–. La señorita Jenkins no mataría una mosca. Las atrapa con un vaso para sacarlas de la clase. Ni siquiera nos grita.

–Pero eso de «zas»...

–La señorita Jenkins te aplasta con una sola mirada –el chico se encogió de hombros–. Te hace sentir mal si has hecho algo malo, como si la hubieras decepcionado. Pero nunca le haría daño a nadie. No es nada violenta.

La señorita Jenkins. De modo que no se había casado. Y no había tenido los cuatro hijos que quería tener.

Sólo ahora que la pregunta estaba contestada reconoció que había pensado en esa posibilidad.

Kelly cruzó el patio como si una cuerda invisible tirase de ella. Era evidente que, si tuviera oportunidad, saldría corriendo en dirección contraria.

–Freddie, Kyle, Colin, alejaos de la verja.

Los tres chicos empezaron a hablar a la vez y Alekos notó que Kelly contestaba uno a uno en lugar de mandarlos callar como harían la mayoría de los adultos. Y era evidente que los niños la adoraban.

–¿Ha visto el coche, señorita Jenkins? Yo sólo lo había visto en las revistas.

–Sólo es un coche, cuatro ruedas y un motor –Kelly se volvió por fin hacia él–. ¿Querías algo?

Nunca había sido capaz de esconder sus sentimientos, pensó Alekos. Estaba horrorizada de verlo y eso lo sacaba de quicio.

–¿Te sientes culpable, *agapi mu*?

–¿Culpable?

–No pareces contenta de verme y me pregunto por qué.

Dos manchas rojas aparecieron en sus mejillas y, de repente, sus ojos se volvieron sospechosamente brillantes.

–No tengo nada que decirte y no sé por qué debería alegrarme de verte.

Alekos se había olvidado del anillo y estaba pensando en otra cosa completamente diferente. Algo peligroso, ardiente y primitivo que sólo le ocurría cuando estaba con ella.

Cuando sus ojos se encontraron, supo que Kelly estaba pensando lo mismo. Pero enseguida apartó la mirada, sus mejillas ardiendo. Lo trataba como si no supiera por qué estaba allí, como si no se conocieran íntimamente. Como si no hubiera un centímetro de su cuerpo que él no hubiese besado.

–¿Es su novio, señorita? –preguntó uno de los niños.

–Freddie Harrison, ésa es una pregunta muy inapropiada –Kelly empujó suavemente a los niños hacia el patio–. Se llama Alekos Zagorakis y no es mi novio. Sólo es una persona a la que conocí hace mucho tiempo.

–¿Un amigo, señorita?

–Sí... bueno, un amigo.

–¡La señorita Jenkins tiene novio, la señorita Jenkins tiene novio! –empezaron a canturrear los chicos.

–Amigo y novio son dos cosas muy diferentes, Freddie.

–Si es un novio se acuestan juntos, tonto –dijo otro de los chicos.

–Señorita, Colin ha dicho una palabrota y me ha llamado tonto. ¡Y usted dice que no se puede llamar tonto a nadie!

Kelly lidió con el asunto con gran habilidad, enviándolos de vuelta al patio antes de volverse hacia Alekos, mirando un momento por encima de su hombro para comprobar que no la escuchaba nadie.

–No puedo creer que hayas tenido la cara de volver después de cuatro años –le espetó, temblando–. ¿Cómo puedes ser tan insensible? Si no fuera porque los niños están mirando te daría un puñetazo. Pero seguramente ésa es la razón por la que has venido aquí en lugar de intentar verme en privado: te da miedo que te haga daño. ¿Qué haces aquí?

–Tú sabes por qué estoy aquí. Y tú nunca le has pegado a nadie en toda tu vida, no te hagas la dura.

Era una de las cosas que lo había atraído de ella. Su dulzura había sido el antídoto al implacable mundo de los negocios en que vivía.

—Hay una primera vez para todo —Kelly se llevó una mano al pecho, como si quisiera comprobar que su corazón seguía latiendo—. Di lo que tengas que decir y márchate.

Distraído por la presión de sus pechos contra la sencilla blusa, Alekos frunció el ceño. La llevaba abrochada hasta el cuello como una profesora victoriana. No había nada, absolutamente nada en su atuendo que pudiera explicar la volcánica respuesta de su libido.

Furioso consigo mismo y con ella, su tono fue más brusco de lo que pretendía:

—No juegues conmigo porque los dos sabemos que no puedes ganar. Te comería como desayuno.

Fue una analogía inapropiada y en cuanto hubo dicho la frase en su mente apareció una imagen de ella desnuda sobre su cama, el desayuno olvidado...

Y el color de sus mejillas le dijo que Kelly estaba recordando la misma escena.

—Tú no tomas desayuno —dijo con voz ronca—. Sólo tomas ese café griego tan fuerte. Y no estoy jugando contigo. Tú no juegas con las mismas reglas que el resto del mundo. Tú... tú eres un canalla.

Alekos la miró a los ojos y se dio cuenta de que estaba diciendo la verdad, no sabía por qué estaba allí. No sabía que era él quien había comprado el anillo.

Pasándose una mano por el pelo, murmuró algo en griego.

Eso era lo que pasaba cuando olvidaba que Kelly Jenkins no pensaba como el resto de la gente. Su habilidad para pensar más rápido que los demás, para adelantarse e imaginar segundas intenciones le había ayudado mucho en su negocio, pero con Kelly era una habilidad que nunca le sirvió de nada. Ella no pensaba como otras mujeres y siempre lo sorprendía, como estaba sorprendiéndolo en aquel momento.

Pero al ver que tenía los ojos empañados contuvo el aliento. No había vendido el anillo para enviarle un mensaje, lo había vendido porque él le había hecho daño.

En ese momento, Alekos supo que había cometido un grave error. No debería haber ido allí en persona. No había sido fácil para él y no era justo para ella.

—Tienes cuatro millones de dólares en tu cuenta corriente —le dijo, para terminar con aquello lo antes posible. Y, de inmediato, vio un brillo de sorpresa en sus ojos azules—. He venido a buscar mi anillo.

Capítulo 2

KELLY estaba frente a la pizarra, intentando llevar aire a sus pulmones.

¿Alekos había comprado el anillo?

¡No, no, no! Eso no era posible. ¿O sí? ¿Cómo no se le había ocurrido que él pudiera ser el comprador?

Porque los multimillonarios no usaban eBay, por eso. Si hubiera pensado por un momento que Alekos se enteraría, no lo habría vendido.

Kelly dejó escapar un gemido.

En lugar de apartarlo de su vida para siempre, lo había devuelto a ella.

Cuando lo vio al otro lado de la verja estuvo a punto de desmayarse. Por un momento, un momento loco, pensó que iba a decirle que había cambiado de opinión, que sabía que había cometido un error. Que había ido a pedirle perdón.

Perdón.

Kelly se cubrió la boca con la mano para contener una carcajada histérica. ¿Cuándo había pedido perdón Alekos Zagorakis? Ni siquiera parecía sentirse culpable por no haber aparecido en la iglesia el día de su boda. No, no estaba allí para disculparse.

–¿Se encuentra bien, señorita Jenkins? –escuchó

una vocecita entonces–. Está muy pálida y ha entrado corriendo como si la persiguiera alguien.

–No, estoy bien –Kelly se pasó la lengua por los labios.

–Parece como si estuviera escondiéndose.

–No estoy escondiéndome –dijo ella, levantando la voz sin darse cuenta.

¿Por qué había salido corriendo? Alekos creería que seguía importándole y ella no quería que pensara eso. Quería que pensara que estaba bien, que romper con él había mejorado su vida. Que había vendido el anillo porque le sobraba o algo así.

Kelly intentó respirar. Llevaba cuatro años soñando con volver a verlo. Había pasado muchas noches en blanco, imaginando que se encontraba con él... algo que desafiaba a la imaginación dado que se movían en diferentes estratosferas. Pero nunca, ni una sola vez, había imaginado que pudiera pasar de verdad. Y menos allí, en el colegio, sin previo aviso.

–¿Hay un incendio, señorita Jenkins? –un par de ojos preocupados se clavaron en ella: Jessie Prince, que siempre estaba preocupada por todo, desde los exámenes a los terroristas–. Ha venido corriendo y siempre nos dice que no debemos correr a menos que haya un incendio.

–Sí, es verdad –asintió Kelly. Incendios y hombres a los que una no quería ver–. Y no estaba corriendo. Iba... caminando deprisa. Es bueno para la salud –¿seguiría en la puerta del colegio? ¿Seguiría allí cuando saliera?, se preguntó–. Abrid vuestros libros de lengua en la página doce y seguiremos donde lo dejamos ayer. Vamos a escribir una redacción sobre las vacaciones de verano.

Tal vez debería haberle dado el anillo sin más, pero entonces Alekos vería que lo llevaba colgado al cuello y no pensaba darle la satisfacción de saber lo que significaba para ella. Lo único que le quedaba era su orgullo...

Al fondo de la clase se oyó un rifirrafe y después un golpe.

–¡Ay! ¡Me ha dado una torta, señorita!

Kelly se llevó una mano a la frente. Problemas de disciplina era lo último que quería en ese momento. Necesitaba estar sola para pensar, pero si había algo que una profesora de primaria no tenía era un momento de tranquilidad.

–Tom, siéntate en uno de los pupitres de delante, por favor –Kelly esperó pacientemente mientras el niño arrastraba los pies hasta ella–. No se pega a nadie, no está bien. Quiero que le pidas perdón.

–¿Por qué?

–Acabo de decírtelo, porque no está bien. Quiero que le digas que lo sientes.

–Pero es que no lo siento –replicó el niño, sus mejillas casi del mismo tono que su pelo–. Me ha llamado pelo de zanahoria, señorita Jenkins.

Intentando concentrarse, Kelly respiró profundamente.

–Pues entonces él también te va a pedir perdón. Pero no puedes pegar a la gente, aunque te llamen «pelo de zanahoria». No se debe pegar a nadie.

«Ni siquiera a un griego arrogante que te dejó plantada el día de tu boda».

–No ha sido culpa mía, tengo mal carácter porque soy pelirrojo.

–No es tu pelo el que ha pegado a Harry.

¿Cómo iba a saber ella que era Alekos quien había comprado el anillo?

–Mi padre dice que si alguien se mete contigo le das una torta y ya no vuelve a molestarte –dijo una niña.

–Podríamos pensar un poco en los sentimientos de los demás –les aconsejó Kelly–. No todo el mundo es igual y hay que ser tolerante. Ésa va a ser nuestra palabra del día –añadió, tomando una tiza para escribir en la pizarra, con veintiséis pares de ojos clavados en su espalda–. To-le-ran-cia. ¿Quién puede decirme lo que significa?

Veintiséis manos se levantaron a la vez.

–Señorita, señorita, yo lo sé.

Kelly tuvo que disimular una sonrisa. Daba igual lo estresada que estuviera, los niños siempre la hacían sonreír.

–¿Jason?

–Hay un hombre en la puerta.

Veintiséis cabezas se volvieron hacia la puerta y Kelly levantó la mirada justo cuando Alekos estaba entrando en el aula.

Muda de horror, notó que su pulso se había acelerado. ¿Era eso lo que su madre había sentido por su padre? ¿Aquella emoción, aquella excitación, aunque supiera que la relación no iba a ningún sitio?

Alekos cambiaba el ambiente del aula, pensó. Su presencia exigía atención.

Los niños empezaron a levantarse, mirándola como para saber lo que debían hacer, y ella tragó saliva.

–Bien hecho, niños –los felicitó, antes de volverse hacia Alekos–. Estoy dando una clase, no es buen momento para hablar.

–Es buen momento para mí.

Kelly tuvo que hacer un esfuerzo sobrehumano para disimular que le temblaban las piernas.

–Niños, tenemos una visita... ¿qué no ha hecho este señor?

–No ha llamado a la puerta, señorita Jenkins.

–Eso es –Kelly consiguió sonreír–. No ha llamado a la puerta porque ha olvidado sus buenas maneras. Así que este señor y yo vamos a salir un momento al pasillo y voy a decirle cómo debe portarse una persona que entra en un aula cuando ya ha empezado una clase mientras vosotros termináis vuestras redacciones.

Cuando iba a salir del aula, Alekos la sujetó por la muñeca.

–Voy a daros una lección importante en la vida, niños –su acento griego más pronunciado de lo normal, Alekos miraba la clase con la misma concentración con la que sin duda trataba a los miembros de un consejo de administración–. Cuando algo es importante para ti, hay que ir por ello. No dejéis que os den la espalda y no os quedéis en la puerta, esperando que os den permiso para entrar sólo porque ésas son las reglas.

El comentario fue recibido con un silencio, pero enseguida empezaron a levantarse manos.

–Dime –Alekos señaló a un niño en la segunda fila.

–Pero nos han dicho que tenemos que respetar las reglas.

–Si no son sensatas, hay que saltárselas.

–¡No! –exclamó Kelly–. Uno no se puede saltar las reglas. Las reglas existen...

–¿Para ser cuestionadas? –la interrumpió Alekos, con su típica arrogancia–. Siempre debéis cuestionarlas. Algunas veces hay que saltarse las reglas para hacer algún progreso. Ahora mismo, por ejemplo. Necesito hablar con la señorita Jenkins urgentemente y ella no quiere escucharme. ¿Qué puedo hacer?

Un niño levantó la mano.

–Depende de lo importante que sea lo que tiene que decirle.

–Es muy importante. Pero también es importante que la otra persona dé su opinión, así que dejaré que ella elija dónde vamos a mantener esa conversación. Dime, Kelly, ¿aquí o fuera?

–Fuera –contestó ella, con los dientes apretados.

Alekos se volvió hacia los niños.

–¿Lo veis? Éste es el ejemplo de una negociación que sale bien. Los dos tenemos lo que queremos y ahora, mientras la señorita Jenkins y yo hablamos, vosotros vais a... escribir cien palabras sobre por qué las reglas siempre deben ser cuestionadas.

–¡No, de eso nada! –protestó Kelly–. Van a escribir una redacción sobre las vacaciones.

–O sobre los beneficios de saltarse las reglas –insistió Alekos–. Me alegro de haberos conocido. Trabajad mucho y tendréis éxito en la vida. Pero recordad: lo importante no es de dónde viene uno sino dónde llega –sin soltar la muñeca de Kelly, la sacó al pasillo y ella no tuvo más remedio que seguirlo y cerrar la puerta.

–No puedo creer que hayas hecho eso.

–De nada –dijo él–. Mi caché por los discursos de motivación en el circuito internacional es de medio millón de dólares, pero en este caso estoy dispuesto a no cobrar... para beneficio de las nuevas generaciones.

–No estaba dándote las gracias.

–Pues deberías. Los empresarios del mañana no saldrán de un grupo de robots incapaces de tomar la iniciativa.

A punto de explotar de rabia, Kelly se soltó de un tirón.

–¿Es que no sabes nada sobre niños?

–No, nada. Les he hablado como si fueran adultos.

–Pero es que no son adultos. ¿Tú sabes lo difícil que es disciplinar a veintiséis niños? Cuando empecé a darles clase no estaban sentados en su pupitre cinco minutos seguidos.

–Estar sentado es un pasatiempo absurdo. Incluso en los consejos de administración yo suelo pasear, me ayuda a concentrarme mejor. Deberías animarlos a que hicieran preguntas...

–No me digas cómo debo hacer mi trabajo. Tú no sabes absolutamente nada sobre educación infantil.

–Muy bien, ¿por qué has vendido el anillo?

Kelly parpadeó, sorprendida por el brusco cambio de tema. Pero no tuvo tiempo de contestar porque en ese momento alguien apareció corriendo por el pasillo.

–¡Señorita Jenkins, se ha inundado el colegio!

Alekos dejó escapar un suspiro.

–¿Dónde podemos hablar sin que nos interrumpan?

–No podemos hablar en ningún sitio. Esto es un colegio, por si no te habías dado cuenta.

Un grupo de niñas corría hacia ellos, con Vivien detrás, la camisa empapada.

–¡Kelly! –gritó–. El vestuario de las chicas se ha inundado. ¿Te importa quedarte con ellas mientras yo voy a la oficina? Vamos a tener que llamar a un fontanero o... no sé, a un submarino. Necesitamos a alguien que sepa de cañerías.

–Yo sé algo sobre cañerías –dijo Alekos, exasperado–. ¿Dónde está la inundación? Cuanto antes se resuelva, antes podré hablar contigo.

Vivien se fijó en él en ese momento y abrió mucho los ojos, como si estuviera fascinada.

Y, acostumbrada a esa reacción, Kelly se resignó a lo inevitable.

–Viv, te presento a Alekos Zagorakis. Alekos, mi amiga y colega Vivien Mason.

–¿Alekos? –repitió Vivien.

–Él es quien ha comprado el anillo.

–¿El anillo? Ah, ya me acuerdo, ese anillo que guardabas en el fondo de un cajón. Me acuerdo... vagamente.

Kelly se puso colorada hasta la raíz del pelo. Podía haber exagerado un poco menos.

–Bueno, sobre la inundación... –siguió Vivien–. Lo mejor sería llamar a un fontanero, ¿verdad?

Alekos estaba mirando el agua que llegaba hasta el pasillo.

–A menos que tengas súper poderes, el colegio entero se habrá inundado antes de que llegue. Dame una caja de herramientas... algo, lo que tengáis a mano. Y cierra la llave de paso.

Después de decir eso se dirigió hacia el otro lado del pasillo, dejando a Kelly boquiabierta.

–Tú no puedes... –empezó a decir, mirando el caro traje y los zapatos de ante.

–No juzgues un libro por la cubierta –dijo él–. Que lleve un traje de chaqueta no significa que no pueda arreglar una cañería. Dame algo con lo que trabajar.

–¿Sabe arreglar una cañería con ese cuerpazo? –murmuró Vivien.

–Ve a cerrar la llave de paso, anda.

Cuando por fin localizaron una vieja caja de herramientas, Alekos había descubierto cuál era el problema.

–Esta sección de cañería está oxidada –se había quitado la chaqueta y tenía la camisa empapada, pegada a su ancho torso como una segunda piel–. ¿Qué hay en la caja?

–No tengo ni idea –distraída por el ancho torso masculino, Kelly abrió la caja.

–Dame esa llave inglesa... no la de abajo –Alekos procedió a quitar la sección de cañería y examinarla de cerca–. Dudo que la hayan reemplazado desde que construyeron el colegio. ¿No tenéis a nadie que se encargue del mantenimiento?

–Me parece que el de mantenimiento no sabe nada de cañerías –contestó Vivien–. Y no tenemos mucho dinero.

–No hace falta mucho dinero, sólo alguien que se encargue de revisar estas cosas regularmente. Kelly, saca el móvil del bolsillo de la camisa.

–Pero...

–Tengo las manos mojadas y si no discutieras, te lo agradecería mucho.

Kelly metió la mano en el bolsillo de la camisa, notando el calor de su cuerpo. Cuatro años antes no había sido capaz de apartarse de él ni un momento... y él no había sido capaz de apartarse de ella.

Era algo que llevaba cuatro años intentando olvidar.

Y, a juzgar por su mirada ardiente, Alekos estaba pensando lo mismo.

–¿Qué quieres que haga?

Alekos le dio instrucciones para que marcase un botón y pusiera el teléfono en su oreja. Cuando empezó a hablar en griego deseó haber pasado menos tiempo concentrándose en su cuerpo y más aprendiendo el idioma. De ese modo podría decirle: «vete de mi vida».

–¿Sabes lo que está diciendo? –le preguntó Vivien.

Ella negó con la cabeza.

–En menos de diez minutos llegará un equipo para solucionar el problema –dijo Alekos unos segundos después.

–¿Un equipo?

–Necesitamos una sección de cañería del mismo diámetro que ésta. Mi equipo de seguridad se encargará de todo, así tendrán algo que hacer –Alekos miró alrededor–. Si esto fuera un barco se habría hundido hace tiempo.

–Pero imagino que tendrás que ir a algún sitio, cosas que hacer –empezó a decir Kelly–. Ahora que sabemos cuál es el problema podemos solucionarlo, así que tú puedes marcharte.

–¿Irse? ¿Estás loca? –exclamó Vivien–. Nunca encontraremos a nadie que arregle esto. ¿Por qué quieres que se vaya?

–Porque no se siente cómoda estando conmigo –contestó él, irónico–. ¿Verdad que no, *agapi mu*?

Ese término cariñoso le recordaba momentos que llevaba cuatro años intentando olvidar. Y no estaba dispuesta a recordar en absoluto.

–He cambiado de opinión sobre el anillo. Quiero vendérselo a una buena persona y tú no eres buena persona. Y no creas que porque te hayas quitado la chaqueta y remangado la camisa vas a impresionarme.

–Yo estoy impresionada –dijo Vivien–. Pensé que tenías una naviera, pero...

–Tengo una empresa de construcción de barcos, sí.

–Pero no la llevas sentado detrás de una mesa de despacho.

–Desgraciadamente, suele ser así. Pero tengo un título en ingeniería naval que algunas veces me viene muy bien –Alekos levantó la mirada cuando una mujer entró en el vestuario, seguida de cinco hombres cargados con todo tipo de herramientas.

–Estos señores dicen que... –la secretaria del colegio parpadeó, horrorizada.

–Todo está controlado, Janet.

Y así era. Con Alekos dando órdenes, los hombres se pusieron a trabajar de inmediato. Pero lo que realmente la sorprendió fue que él también lo hiciese. Mientras arreglaban la cañería encendieron unos ventiladores industriales para secar el vestuario y, unos minutos después, el problema estaba solucionado y no quedaba ni una gota de agua.

Kelly intentó escapar, pero Alekos la tomó del brazo.

–No salgas corriendo otra vez –le advirtió, tomándola en brazos.

–¿Se puede saber qué haces? ¡Déjame en el suelo!

Medio alarmada, medio divertida, Vivien soltó una carcajada.

–Hagas lo que hagas, no la dejes caer al suelo. Si tan desesperado estás por hablar con ella puedes usar mi aula, está vacía.

–¡Déjame en el suelo! –gritó Kelly–. No puedes llevarme en brazos por todo el colegio como...

–¿Como un hombre? –sugirió Alekos, volviéndose hacia su equipo para decirles algo en griego antes de dirigirse a la puerta–. Has engordado en estos años.

–Me alegro –dijo ella, furiosa–. Espero que te rompas la espalda.

–Era un halago, el peso extra parece estar distribuido en los sitios adecuados... aunque no puedo estar seguro sin una inspección más íntima.

–¿Cómo puedes decir cosas así cuando estás con otra mujer? Eres repugnante.

–Y tú estás celosa.

–No estoy celosa. Por mí, puedes quedarte con esa rubia tan flaca para siempre –Kelly intentaba apartarse, pero al hacerlo sólo conseguía que Alekos la apretase con más fuerza, de modo que dejó de moverse e intentó respirar con normalidad, sin fijarse en la sombra marcada de su barba o en esas pestañas imposiblemente largas–. Suéltame ahora mismo.

La respuesta de Alekos fue besarla y, mientras se hundía en una niebla de deseo, Kelly escuchó la voz de Vivien a lo lejos...

–Si yo tuviera que elegir entre él y cuatro millones de dólares, lo elegiría a él. Bien hecho, Kel.

Capítulo 3

EL FERRARI negro rugía por la carretera y Kelly se alegraba de estar sentada porque no le sostenían las piernas.

–No puedo creer que me hayas besado delante de todo el colegio. Nunca podré volver a mirar a nadie a los ojos.

–Pensé que tus inhibiciones se habían terminado hace cuatro años.

–¡No soy inhibida! Lo que pasa es que hacías cosas que me daban vergüenza y...

–Cosas que no habías hecho antes, ya lo sé –Alekos cambió de marcha con un suave movimiento–. Fui demasiado rápido, pero es que nunca había estado con alguien tan inexperto como tú.

–Ah, pues no sabes cómo lo siento.

–No lo sientas. Enseñarte fue una de las experiencias más eróticas de mi vida.

Kelly hizo una mueca.

–Y luego estaba el asunto de las luces...

–¿Las luces?

–¡Siempre querías dejarlas encendidas!

–Porque quería verte.

Kelly se encogió en el asiento, recordando cómo había intentado esconderse... aunque no sirvió de nada.

–¿No has oído hablar del calentamiento global? Se supone que deberíamos apagar luces, no encenderlas. Además, no soy vergonzosa, pero eso no significa que me haya convertido en una exhibicionista. Y no quiero besarte, la idea de hacerlo me revuelve el estómago.

Alekos sonrió, sin apartar los ojos de la carretera.

–Ya.

–¿Cómo te atreves a aparecer de repente después de cuatro años, sin darme una explicación? Ni siquiera lo sientes, ¿verdad? No tienes conciencia. Yo no podría haberle hecho a nadie lo que tú me hiciste a mí, pero a ti te da lo mismo.

Por un momento pensó que no iba a contestar, pero Alekos apretó el volante con fuerza.

–Sí tengo conciencia, por eso no me casé contigo.

–¿Qué clase de lógica es ésa? Mira, déjalo –Kelly cerró los ojos, furiosa–. ¿Por qué me has besado?

Él volvió a cambiar de marcha, su mano fuerte y segura.

–Porque no dejabas de hablar.

Su ego se hundió un poco más. No la había besado porque la encontrase irresistible, la había besado para que cerrase la boca.

–No vayas tan deprisa, me estoy mareando.

Por nada del mundo admitiría que era el beso lo que la había mareado. Desde luego, Alekos sabía besar a una mujer. Mala suerte para ella, pensó.

Pero mientras miraba por la ventanilla se preguntó qué habría querido decir. ¿Por qué su conciencia había evitado que se casase con ella? ¿Porque habría sido injusto privar al resto de las mujeres de un hombre como él?

Kelly tuvo que contener una carcajada histérica.

Ójala no le hubiese dado la dirección de su casa. Pero se había sentido tan avergonzada en el colegio que quería salir de allí lo antes posible.

Con el corazón acelerado y la boca seca, intentó serenarse, pero era imposible hacerlo estando tan cerca de él.

Cada vez que cambiaba de marcha rozaba su pierna con la mano y cada vez que lo miraba se veía asaltada por los recuerdos: sus firmes labios demostrando que nunca antes la habían besado bien; sus fuertes manos borrando sus inhibiciones... todo había sido tan increíblemente intenso, tan perfecto que se sentía la mujer más afortunada del mundo.

Pero su relación había sido mucho más que sexo.

Había sido divertida, llena de risas, con una química increíble.

La relación más estimulante que había tenido en toda su vida.

Y la más dolorosa.

Hubo momentos en los que pensó que si perdía a Alekos se moriría. Pero no había muerto; ni siquiera cuando, ramo de novia en mano, esperaba a un hombre que no llegó, intentando fingir que no importaba.

Transportada a la infancia, Kelly cerró los ojos y se recordó a sí misma que aquello era diferente. El problema era que el rechazo siempre dolía igual, fuera quien fuera el responsable.

—Gira en la siguiente calle a la izquierda —le dijo—. Vivo en la casita de color rosa, la de la verja oxidada. Puedes dejar el coche en la puerta, enseguida te traeré el anillo.

La única manera de lidiar con Alekos era no teniéndolo cerca. ¿Cómo podía seguir siendo tan vulnerable?

Ya no lo amaba. Aparte de algún turbador sueño sobre un griego increíblemente viril, ya no quería estar con él. Sí, llevaba su anillo al cuello, pero cuando se lo hubiera devuelto haría algo radical, como unirse a alguna organización no gubernamental para construir un colegio en África o algo parecido. Y besar a un montón de hombres hasta que encontrase a otro que supiera hacerlo bien. No podía haber una sola persona en el mundo que besara bien.

Al notar que la cortina de su vecina se movía, Kelly hizo una mueca. No le gustaba nada dar que hablar en el vecindario.

—No te atrevas a besarme. La señora Hill tiene noventa y seis años y está mirando por la ventana. Le daría un infarto.

Cuando salió del coche y miró a Alekos se preguntó cómo era capaz de parecer cómodo en cualquier sitio. En el consejo de administración o en la playa, en un pueblo o en una gran ciudad, siempre parecía seguro de sí mismo. Estaba en la puerta de su casa, el sol de la tarde haciendo brillar su pelo negro, con un rostro tan extraordinariamente apuesto que la dejaba sin aliento...

En esos cuatro años no había perdido un ápice de su atractivo, al contrario, sus hombros parecían más anchos y había una dureza en su expresión que no tenía antes.

—¿Vives aquí? —preguntó él, haciendo un gesto de sorpresa.

–No todos somos millonarios –contestó ella–. Y es de mala educación mirar por encima del hombro a los demás.

–No te miro por encima del hombro. No seas tan sensible y deja de imaginar lo que estoy pensando porque no tienes ni idea. Es que me ha sorprendido.

–¿Por qué?

–Este sitio es muy tranquilo y tú eres una persona muy sociable. Pensé que vivirías en el centro de Londres y saldrías de fiesta todas las noches.

Como no tenía intención de contarle lo mal que lo había pasado desde que la dejó, Kelly se dedicó a buscar las llaves en el bolso.

–Salgo todas las noches. Te quedarías sorprendido del ambiente que hay aquí.

Él miró alrededor, levantando una ceja.

–¿Estás diciendo que este sitio se llena de vida cuando se hace de noche?

Kelly pensó en los tejones, zorros y marmotas que invadían su jardín.

–Es un sitio muy animado. Hay una gran vida nocturna.

Y los tejones tenían una vida sexual más activa que la de Kelly. Pero eso era culpa suya, ¿no? Cuando la prensa se lanzó sobre ella había decidido esconderse y aún no había salido de su escondite.

–Espera aquí. Voy a traerte el anillo.

–Iré contigo. No quiero que a tu vecina le dé un infarto y estamos llamando la atención.

–No quiero que entres en mi casa, Alekos.

Su respuesta fue quitarle las llaves de la mano.

–¿Es que no me has oído? ¡No te atrevas a entrar en mi casa sin invitación!

–Hay una solución muy sencilla: invítame a entrar.

–No, lo siento. Sólo invito a la gente que me gusta y tú... –Kelly clavó un dedo en su pecho– no me gustas nada.

–¿Por qué has vendido el anillo?

–¿Por qué me dejaste plantada el día de la boda?

Alekos respiró profundamente.

–Ya te lo he dicho.

–Sí, claro, estabas haciéndome un favor. ¡Menudo favor! Tienes un sentido del humor muy retorcido.

–No fue fácil para mí, te lo aseguro.

–Dímelo a mí. No, no me lo digas, no quiero saberlo –Kelly decidió que no podría soportar una lista de razones por las que ella no era la persona adecuada. No quería que la comparase con la flaca y sofisticada rubia con la que lo había visto en una revista–. Bueno, si insistes, entra. Iré a buscar el anillo y así podrás marcharte de una vez.

–Mira, sé que te hice daño...

–Ah, vaya, qué inteligente –lo interrumpió ella, quitándole las llaves de la mano.

Le gustaría que se fuera, pero Alekos era de los que no se rendían nunca. Había sido su tenacidad lo que lo convirtió en el hombre rico y poderoso que era. Él no veía obstáculos, tenía un objetivo y lo perseguía hasta conseguirlo, apartando todo lo que se pusiera en su camino si era necesario. Y, sin embargo, recibía continuos halagos por ser un empresario innovador con gran habilidad para inspirar a los demás. Y en cuanto a su habilidad como amante...

Kelly abrió la puerta de golpe e hizo una mueca cuando chocó con un montón de revistas colocadas en el suelo.

—Había pensado tirarlas...

—¿*Habías* pensado?

—No me gusta tirar cosas. Me da miedo tirar algo que pueda necesitar más adelante —Kelly tomó las revistas y, después de mirar la cesta de reciclaje, volvió a dejarlas en el suelo—. En estas revistas hay artículos muy interesantes que a lo mejor tengo tiempo de leer algún día.

Alekos la miraba como si fuera una criatura fascinante de otro planeta.

—Solías dejar las cosas por todas partes.

—Sí, bueno, no todos somos perfectos y al menos yo no intento hacerle daño a la gente...

Cuando iba a entrar, Alekos se golpeó en la frente con el quicio de la puerta.

—Ay, pobre. ¿Te has hecho daño? —exclamó, preocupada—. Voy a buscar un poco de hielo.

No debería sentir la menor compasión por él, pero no podía evitarlo.

—¿Por qué son tan bajos los quicios de las puertas?

—Estas casas son viejas, hay que inclinarse un poco para entrar.

—Deberías advertirlo a tus invitados antes de dejarlos inconscientes.

—No es ningún problema para alguien que mida menos de metro ochenta.

—Yo mido metro noventa.

No tenía que recordárselo, pensó Kelly.

—Deberías mirar por dónde vas.

–Estaba mirándote a ti –su tono irritado dejaba claro que no le hacía gracia, pero esa confesión la animó un poco.

Que aún pudiera hacer que aquel hombre tropezase le hacía una ridícula ilusión. Aunque ella no era delgada y rubia, Alekos seguía mirándola quisiera o no.

Pero la satisfacción duró poco cuando se dio cuenta de que sus hombros casi ocupaban todo el pasillo. Un calor peligroso pareció extenderse por su casa. Atrapar a un hombre como Alekos en una casa tan pequeña era como poner a un tigre en una jaula diminuta; bien si tú estabas al otro lado.

Kelly dejó las llaves al lado de un montón de cartas sin abrir, preguntándose por qué estar con él la hacía pensar en sexo inmediatamente si su relación no había consistido sólo en eso. ¿Por qué no podía dejar de pensar en ello?

Probablemente porque su vida sexual había sido nula desde que se separaron. Y, de repente, deseó no haber sido tan exigente en los últimos años. Si hubiera tenido una vida sexual activa, tal vez no se sentiría así.

La verdad era que ponía toda su energía en dar clases, olvidándose de esa otra faceta de la vida, fingiendo que no existía.

Pero existía.

Y era como si sólo con verlo alguien hubiera encendido un interruptor, recordándole lo que se estaba perdiendo.

Kelly entró en la cocina y Alekos la siguió, esta vez bajando la cabeza para evitar la viga.

–Esta casa es una trampa mortal.

–Para algunos tal vez. A lo mejor la casa sabe quién

es bienvenido y quién no. Para mí no es ninguna amenaza.

Pero él sí. Estar tan cerca de él era una amenaza.

Siempre había sido así; esa atracción, esa reacción primitiva que ninguno de los dos podía controlar. Cuatro años antes le había dado un poco de miedo saber que existía tal pasión, pero incluso ahora estaba allí, entre los dos, como anunciando una tormenta. Daba igual lo que hubiera pasado, Kelly estaba descubriendo que la atracción sexual no respetaba el sentido común ni la lógica.

—Espera aquí.

Alekos miró alrededor.

—¿No vas a ofrecerme un café?

—¿Por qué?

—Es una cuestión de hospitalidad.

—Y la hospitalidad es importante para los griegos, claro —replicó Kelly, irónica—. Dejas plantada a una chica en el altar, pero si apareces en su casa cuatro años después, sin que nadie te haya invitado, esperas que te ofrezca una taza de café.

—Nunca te había visto tan enfadada.

—Quédate por aquí y lo verás a menudo —Kelly llenó la cafetera de agua con tal violencia que se mojó la blusa—. No, mejor no te quedes.

—Café griego, por favor.

—Yo odio el café. Puedes tomar un té.

Alekos miró la taza que había en el fregadero.

—Si odias el café, ¿por qué lo tomas?

Ella miró la taza y se puso colorada. No podía decirle que había empezado a tomarlo porque le recordaba sus tiempos felices en Corfú y que ahora le gustaba.

–Pues...

–Me alegra saber que no le has dado la espalda a todo lo griego.

Kelly le dio la espalda entonces. Tal vez era un gesto infantil, pero le daba igual. Abrió un armario y sacó un bote de café instantáneo.

–Esto es lo que suelo tomar –mintió. Llevaba al menos seis meses sin abrir el bote y tuvo que hacer un esfuerzo porque se había quedado pegado.

Alekos, tras ella, se quitó la chaqueta y la colgó del respaldo de una silla.

–Siempre has mentido fatal.

–Mientras tú eres un maestro del engaño, ya lo sé. Puedes hacerle el amor a una mujer como si fuera la única en el mundo para ti y luego dejarla plantada el día de la boda sin decirle adiós siquiera.

–¿Por qué vendiste el anillo?

Kelly, perdida en el pasado, tardó un momento en entender a qué se refería. Y cuando lo miró a los ojos tuvo que tragar saliva. Porque en ellos veía la misma pasión de antes. Era como un volcán a punto de explotar.

–Porque ya no lo quería para nada. Sólo era el recordatorio de una mala decisión. Te lo devolveré para que puedas marcharte... a ser posible golpeándote contra la puerta otra vez.

Con manos temblorosas, Kelly sirvió un café y dejó la taza frente a él dando un golpe. No estaba en su naturaleza ser tan poco hospitalaria con un invitado, pero Alekos no era un invitado, era un intruso. Y ella se conocía lo suficiente como para saber que no debía bajar la guardia. No se atrevía a hacerlo, ni siquiera un momento.

Le asombraba saber que seguía encontrando increíblemente atractivo a Alekos, a pesar de lo que le había hecho. No debería fijarse en esas pestañas tan largas o en la sombra de barba que le resultaba tan atractiva. Y, desde luego, no debería notar cómo la camisa destacaba la anchura de sus hombros.

En lugar de eso, debería recordar lo que había ocurrido cuando todo ese poder se concentró en destruir su relación.

Alekos empezó a pasear por la cocina... es decir, la recorrió en dos zancadas. Pero eso no parecía suficiente para aliviar la tensión porque se volvió, impaciente, pasándose una mano por el pelo en un gesto de frustración que ella conocía bien.

—Ese anillo era un regalo y, sin embargo, estabas dispuesta a vendérselo a un extraño.

—¿Por qué iba a conservarlo? ¿Crees que significa algo para mí?

—Yo te lo regalé.

—Era un pago por haberme acostado contigo —replicó Kelly, porque no quería pensar que fuera otra cosa—. Eso era todo lo que querías de mí, ¿verdad? Sólo piensas en sexo, cada minuto del día. Eso es lo único que hubo entre nosotros.

La referencia a su apasionada relación hizo que los ojos de Alekos se oscureciesen y Kelly deseó no haberlo dicho.

Era un error, pensó, asustada. Un gran error.

—Cada minuto no. Cada seis segundos, en opinión de los expertos —moviéndose por la cocina, Alekos tenía un aspecto viril, turbadoramente masculino—. Los hombres piensan en sexo cada seis segundos. El resto del tiempo pensamos en otras cosas.

–Tú piensas en dinero, claro.

–¿Tienes problemas económicos? –le preguntó él, acercándose un poco más–. ¿Por eso vendiste el anillo?

Había algo en su cruda y elemental masculinidad que la excitaba de una manera aterradora. Estar con él la hacía sentir algo que no había sentido nunca con otro hombre y no sabía si eso era bueno o malo.

Malo, pensó, intentando llevar aire a sus pulmones. Definitivamente, malo.

Alekos estaba delante de ella, con las piernas separadas, su fuerte virilidad aumentando la temperatura de la habitación.

Pero Kelly puso las manos sobre su pecho para empujarlo.

–Estás invadiendo mi espacio personal. Aléjate de mí.

–Llevo unos segundos pensando en el café y eso significa que ahora tengo que pensar en sexo.

¿Cómo se le había ocurrido mencionar el sexo delante de aquel hombre?

Ella no quería pensar en sexo cuando estaba con Alekos. Era precisamente el tema que debía evitar. El más peligroso.

Pero ya era demasiado tarde.

El calor se extendía por su pelvis, lento e insidioso, como un incendio. Y el fuego era voraz, dispuesto a quemar todo lo que se pusiera en su camino.

Intentando controlar tan inoportuna reacción, Kelly pasó a su lado, pero él tiró de su brazo para apretarla contra su pecho. Y, en ese instante, Alekos se dio cuenta.

Supo como si la hubiera desnudado lo que estaba sintiendo. Siempre lo había sabido, incluso antes de que lo supiera ella.

Cuando se apoderó de su boca, Kelly sintió que volvía atrás cuatro años, a un tiempo en el que la pasión superaba al sentido común, cuando el mundo era un sitio perfecto y cuando lo único que importaba era estar con aquel hombre.

Por un momento, se derritió. No podía respirar, no podía pensar. Pero, de repente...

–¡No! –exclamó, dando un paso atrás.

Lo oyó respirar agitadamente, sus ojos ardiendo.

–Tienes razón –murmuró él, su acento más pronunciado que nunca–. Es una locura.

–Yo no... –empezó a decir Kelly.

–Yo tampoco.

Si alguno de los dos hubiera dado un paso atrás podrían haberlo evitado.

Pero en lugar de eso sus bocas chocaron de nuevo con una fuerza casi brutal. La química entre ellos era tan intensa que, por un momento, Kelly no quiso evitarlo siquiera.

Lo echaba de menos y le devolvió el beso con ansiedad, su boca tan hambrienta como la de Alekos, su lengua tan atrevida. Pero también había furia en ese beso, como diciendo: «mira lo que te has perdido, mira lo que dejaste atrás».

Él murmuró algo en griego, tan trémulo que Kelly sitió una punzada de satisfacción.

«Sí», pensó, «era maravilloso y tú lo rechazaste».

Sin pensar, pasó la punta de la lengua por la comisura de sus labios, la caricia peligrosamente provocativa. No sabía por qué lo hacía. ¿Deseo? ¿Orgullo? ¿Venganza? Lo único que sabía era que quería estar con él otra vez. Sólo una vez más.

Alekos la empujó contra la encimera y enterró los dedos en su pelo, los de Kelly tirando de su camisa, atrayéndolo hacia ella. Se besaban como si fuera su último minuto en el planeta, como si el futuro de la civilización dependiera del deseo que sentían el uno por el otro, como si no se hubieran separado nunca.

Kelly estaba tan excitada que no quiso escuchar la campanita de alarma que sonaba en su cerebro.

Sí, estaba furiosa con él, pero esa furia parecía intensificar sus emociones. El sexo nunca había sido un problema para ellos, al contrario. Tal vez por eso había dejado de buscar pareja, porque sabía que nunca podría encontrar a nadie como Alekos. Estar sola había sido preferible a llevarse una desilusión.

–*Theé mou*, no deberíamos hacer esto –dijo él. Y Kelly enredó las piernas entre las suyas para no dejarlo escapar.

–Tienes razón. No deberíamos.

–Estás enfadada.

–Estoy más que enfadada.

–Y yo estoy furioso porque has vendido el anillo.

–Yo estoy furiosa porque vas a dárselo a otra mujer.

–¡No voy a dárselo a nadie! –Alekos echó la cabeza hacia atrás, su mirada oscura más intensa que nunca.

–La odio y te odio a ti.

–Seguramente me lo merezco.

–Desde luego que sí –asintió Kelly. Pero había bajado las manos hasta su cinturón y lo oyó contener el aliento cuando rozó su rígido miembro.

–Si hacemos esto, me odiarás más de lo que ya me odias.

–Te aseguro que eso es imposible.

Alekos tiró de su pierna para colocarla en su cintura.

–En ese caso, no hay incentivo para que paremos... ¿llevas medias?

–Siempre me pongo medias para ir a trabajar.

«¿Ella lleva medias, Alekos?». «¿La rubia te hace esto?». «¿Te hace sentir así?».

–Medias bajo esa seria falda negra... –la seria falda negra cayó al suelo–. El uniforme de profesora me excita –Alekos intentó quitarle el prendedor, pero al hacerlo se enganchó en su pelo–. Lo siento, lo siento, no quería hacerte daño.

–Tú siempre me haces daño.

–Lo sé, fui un canalla.

–Sí, lo fuiste... sigues siéndolo. ¿Y ahora, te importaría...? –Kelly mordió sus labios y Alekos aplastó su boca, hambriento.

–Ninguna otra mujer me ha hecho sentir lo que tú me haces sentir.

Esas palabras despertaron una punzada de satisfacción.

–Pero seguro que has seguido buscando.

–Hace cuatro años no eras tan atrevida...

–No digas nada.

La respuesta de Alekos fue besarla hasta que no podía respirar o permanecer de pie. Kelly puso las manos sobre sus hombros pero, aunque lo había hecho para sujetarse, el gesto se convirtió en una caricia.

–Kelly...

–Cállate –no quería hablar de lo que estaban haciendo. Ni siquiera quería pensar en ello. Con los dientes apretados, abrió la camisa de un tirón para acariciar su torso, el vello oscuro quemando sus dedos. La corbata seguía colgando en el centro, pero Kelly no le prestó atención, absorta en sus pectorales.

Acostarse con Alekos Zagorakis era entender para qué había sido creado su cuerpo.

Él la miraba con los ojos entrecerrados, una mirada tan cruda, tan sexual, que sintió un escalofrío.

Más tarde iba a lamentarlo, pensó.

Pero en aquel momento no le importaba.

Seguramente estaba mintiendo sobre el anillo. Iba a dárselo a otra mujer, pero ella se encargaría de que no la olvidase. Otras mujeres se acostaban con hombres a los que no conocían de nada, pero ella nunca había hecho eso porque el sexo había empezado y terminado con Alekos Zagorakis.

Y cuando la sentó sobre la mesa, dejó escapar un suspiro de asentimiento, acariciándolo por encima del pantalón.

–Alekos...

–Necesito tenerte. Necesito... –murmurando algo en griego, Alekos se quitó la camisa y apartó el sujetador de un tirón para acariciar sus pechos con la lengua.

Kelly echó la cabeza hacia atrás, el calor de su boca como un hierro candente. Sentía que su cuerpo se convertía en un río de lava y, cuando él levantó la cabeza para devorar su boca de nuevo, los dos habían perdido el control.

–Ahora... –Kelly tiró de su corbata y él la tumbó sobre la mesa. Apartando a un lado las braguitas, entró en ella con una embestida que la hizo gritar su nombre.

Había pasado tanto tiempo que le costó un poco acostumbrarse a la invasión.

Pero entonces Alekos buscó su boca de nuevo y, a partir de ese momento, todo se convirtió en un borrón; cada embestida haciéndola olvidar que lo odiaba y que aquello era un tremendo error. Envolvió las piernas en su cintura y clavó las uñas en su espalda mientras levantaba las caderas.

Era tan increíble que cuando sonó el teléfono a ninguno de los dos se le ocurrió contestar. Ninguno de los dos era capaz de concentrarse en nada más que en el otro. Alekos tenía una mano en su pelo, la otra bajo su trasero, levantándola hacia él. Empujaba con fuerza, sus movimientos rítmicos tan enérgicos, tan masculinos, que Kelly perdió la cabeza.

Después de cuatro años era lógico que no aguantasen mucho y, al sentir los primeros espasmos, murmuró su nombre, sintiendo un placer exquisito mientras Alekos los llevaba a los dos al paraíso.

Atrapados en una telaraña de sensaciones, se besaron, sin aliento, agotados los dos.

Su torso estaba cubierto de sudor, los dedos aún clavados en su trasero mientras intentaba llevar aire a sus pulmones.

Kelly se quedó donde estaba, sintiendo el peso de su cuerpo. Si fuera joven e ingenua podría pensar que algo tan increíble sólo podía ocurrir cuando había amor, pero ya no era joven e ingenua.

Entonces se dio cuenta de que llevaba el anillo colgado al cuello y, asustada, se abrochó la blusa con manos temblorosas.

¿Lo habría visto?

No, los dos estaban demasiado excitados como para eso. Aunque el anillo lo hubiese golpeado en la cara, dudaba que Alekos se hubiera dado cuenta.

–Voy a buscar el anillo –murmuró, saliendo de la cocina. Le temblaban las piernas, pero no quería pensar en lo que acababa de ocurrir. Aún no. Más tarde, cuando estuviera sola.

Una vez en su dormitorio, en el piso de arriba, abrió la cadenita de oro que llevaba al cuello y sacó el anillo. Cuando la luz del sol que entraba por la ventana lo hizo brillar se le hizo un nudo en la garganta. Lo había llevado con ella durante cuatro años. Había sido testigo de su dolor y de su lenta recuperación... pero devolvérselo debería ser como una catarsis. Ésa era la teoría.

La práctica era completamente diferente.

Al escuchar un ruido en el piso de abajo salió de la habitación.

La puerta de entrada estaba abierta.

–¿Alekos? –lo llamó. Estaba mirando en la cocina cuando oyó el rugido de un poderoso motor.

Con el anillo en la mano corrió hacia la puerta y comprobó, incrédula, que el Ferrari se alejaba calle abajo.

Capítulo 4

MUY BIEN, respira, respira... siempre estoy diciéndote que respires. ¿Por qué hay tantos dramas en tu vida? Mi único drama es que no funcione mi tarjeta cuando voy al cajero —con un helado de chocolate y una bolsa de pañuelos de papel en la mano, Vivien se sentó en el sofá, al lado de Kelly—. ¿Cómo vas a estar embarazada? No te has acostado con nadie en cuatro años. Ni siquiera las elefantas tienen embarazos tan largos.

Kelly intentó contener una oleada de pánico.

—Me acosté con alguien hace tres semanas.

El helado de chocolate cayó sobre la alfombra.

—¿Te acostaste con alguien hace tres semanas? Pero si tú no... pero si no sales con nadie. Y no eres de las que se acuestan con el primero que conocen. Además, hace tres semanas fue cuando Alekos... —Vivien la miró entonces, perpleja.

—Sí —admitirlo hacía que se encogiera. ¿Cómo se le había ocurrido?

—¿Alekos?

—¿Te importaría dejar de repetir su nombre? Y me parece recordar que estabas muy contenta cuando me besó.

—¡Pero sólo fue un beso! Que yo sepa, nadie se

queda embarazada por un beso. Además, tú odias a Alekos, ese hombre arruinó tu vida –Vivien tomó un puñado de pañuelos e intentó limpiar el chocolate de la alfombra–. Qué desastre.

–Ya lo sé.

–Me refiero a la alfombra, no a tu vida. Aunque tu vida tampoco es que sea una maravilla ahora mismo. ¿Es por eso por lo que se marchó sin llevarse el anillo?

–No lo sé, supongo que sí. Pero no me dijo nada, sencillamente desapareció –agitada, Kelly se levantó para pasear por el salón de su amiga.

–Kel, no es que no te quiera o que no me preocupe tu situación, ¿pero te importaría dejar de pisar el helado? Mi casera me estrangulará si ve huellas de chocolate por todas partes.

–Ah, perdona –Kelly se quedó parada, pasándose las manos por los brazos para entrar en calor. Se sentía enferma. ¿Era el embarazo o el pánico?, se preguntó–. Lo siento, te ayudaré a limpiarlo.

–No, déjalo, ya lo limpiaré más tarde –Vivien se sentó en el sofá y volvió a tomar el helado–. Vamos a ver, llevas cuatro años sin saber nada de él y de repente aparece y os acostáis juntos. La verdad es que nunca te había imaginado como...

–¿Una obsesa sexual? A lo mejor eso es lo que pasa cuando mantienes a los hombres a distancia durante cuatro años. Dios mío, ¿en qué estaba pensando? Alekos me dejó plantada... ¿y qué hago yo? Le recompenso acostándome con él. ¿Estaré enferma?

Vivien la miró, arrugando el ceño.

–Espero que no te pongas a vomitar, eso es lo que me faltaba. ¿Cuántos años?

–¿Qué?

–Has dicho que eso es lo que pasa cuando mantienes a distancia a los hombres durante cuatro años. ¿Llevabas cuatro años sin acostarte con nadie?

–Sí, era parte de mi programa de rehabilitación anti-Alekos.

–Y veo que no ha funcionado.

Kelly respiró profundamente, intentando calmarse.

–¿Has tenido alguna relación en la que no pudieras... controlarte? Tú sabes que no es bueno para ti, pero no lo puedes evitar. Es tan poderoso que te supera.

–A mí no me ha pasado, pero mi cuñada es alcohólica y creo que eso es lo que ella siente por una botella de vodka.

–La analogía no me parece muy consoladora. ¿Si tu cuñada hubiera estado cuatro años sin beber vodka seguiría sintiendo lo mismo al ver una botella?

–Oh, sí. Dice que la sensación no desaparece nunca. La cuestión es no acercarse al vodka.

–El vodka me llevó a casa y entró sin que yo lo invitase.

–Esta conversación se está volviendo muy complicada para mí. Pero lo del vodka suena bien. Tengo una botella guardada, para las emergencias.

–Estoy embarazada, Viv, no puedo beber alcohol.

–Pero yo sí. Beberé por las dos mientras tú decides qué vas a hacer.

Unos segundos después, Vivien volvía al salón pálida como un cadáver.

–Olvídate, no tienes que decidir lo que vas a hacer.

–¿Qué?

–Hay una limusina enorme en la puerta y yo no co-
nozco a nadie que tenga una limusina. Es Alekos, tiene
que ser él.

–¡No! –asustada, Kelly se acercó a la ventana–. No
puede ser él. ¿Por qué iba a venir precisamente hoy?
No puede saber que estoy embarazada.

–Bueno, él estaba presente en el momento de la
concepción. Y, evidentemente, es un chico listo, así
que es posible que haya tenido en cuenta esa posibilidad.

–No, no...

–Por otro lado, a veces los hombres son increíblemente tontos, así que es posible que haya vuelto por el
anillo –Vivien le dio una palmadita en el hombro–. Y,
en ese caso, se marchará con algo que va a costarle mucho más: los pañales, el colegio, el iPod, la Play Station
y todas esas cosas que necesitan los niños ahora. Y
luego está la universidad y...

–¡Cállate ya, Viv! No puedes dejarle entrar. Aún
no he decidido lo que voy a hacer. Necesito tiempo.

–No digas tonterías, el tiempo no va a cambiar nada.
Pero prometo no decir: «hola, papá» o «¿has traído pañales?».

Kelly se dejó caer en el sofá, con la cara entre las
manos. ¿Qué iba a decirle? Tenía que contárselo,
pensó. No podía ocultarle que estaba embarazada.

Tal vez podrían ser una de esas parejas que se llevaban bien pero no vivían juntos, pensó. Pero entonces el niño iría de casa en casa, como un paquete.

¿Cómo podía haber ocurrido algo así? Si no hubiera vendido el anillo, Alekos no habría ido a bus-

carlo, no se habrían acostado juntos y ella no estaría embarazada.

Sólo con pensar en esa palabra se mareaba.

Necesitaba tiempo para pensar y no estaba lista para hacerlo en ese momento...

Entonces sonó el timbre.

–Iré yo –dijo Vivien. Unos minutos después volvía al salón con una maleta en la mano y un sobre en la otra–. Tranquila, no es él, es una de sus esclavas. Puedes darme una propina si te parece, un millón o así.

–¿De dónde has sacado la maleta? ¿Y qué hay en ese sobre?

–Una nota, imagino.

Kelly abrió el sobre y, de inmediato, reconoció la letra de Alekos. Y, después de leer la nota, tragó saliva.

–¿Qué dice? –exclamó Vivien, quitándosela de la mano. *Mi jet privado está esperando en el aeropuerto. Jannis te acompañará. Nos vemos en Corfú.*

–Qué horror –murmuró Kelly.

–¿Qué horror? Estoy a punto de clavarte algo en un ojo. Anillos de cuatro millones de dólares, Ferraris, limusinas, aviones privados... dame una razón para que no me muera de envidia.

–Ese hombre me dejó plantada el día de la boda.

–Sí, es verdad. Pero un jet privado... –murmuró Vivien–. Seguro que hay mucho espacio. Y el asiento de delante no se te clavará en las rodillas, ni habrá comida de plástico. ¿Crees que debería hacerme un implante de pechos? Podría ir yo en tu lugar.

–Puedes ir en mi lugar porque yo no tengo intención de hacerlo –Kelly miró la maleta–. ¿Qué es eso?

–Jannis ha dicho que era para ti.

–¿Jannis? ¿La llamas por su nombre de pila? Veo que os habéis hechos amigas.

–No digas tonterías –Vivien abrió la maleta–. Dios mío... vestidos envueltos en papel de seda. Y zapatos. ¿Te ha comprado un vestuario nuevo?

–Probablemente no quiere que aparezca con mi triste falda negra –Kelly acarició uno de los vestidos con expresión soñadora antes de cerrar la maleta de golpe–. Devuélvesela a Jannis.

–¿Qué? Te ha invitado a Corfú, tienes que ir.

–¿Cómo que tengo que ir? No tengo que hacer nada. Alekos sólo quiere recuperar el anillo.

–Pero esos zapatos eran de Christian Louboutin... ¿tú sabes lo que valen?

–¿Y tú has visto el tacón que tienen? No sé lo que valen, pero sé lo que costaría la operación para arreglarme los tobillos rotos.

Vivien se cruzó de brazos, mirándola con expresión decidida.

–Si esto es por la mujer con la que lo viste en la revista, ya te he dicho que no está con ella. Salió en todas partes que habían roto y yo sé por qué: después de acostarse contigo se dio cuenta de que tú eras la única para él.

–Si quieres que suene romántico vas a tener que hacerlo mejor –replicó Kelly.

Pero no podía negar que desde que supo que Alekos había roto con Marianna se había animado un poco. Había sido como caminar en la oscuridad y descubrir de repente que llevaba una linterna en el bolsillo.

–Estás embarazada, vas a tener un hijo de Alekos. Y él tiene derecho a saberlo.

–Se lo contaré, no te preocupes.

–¿Y por qué no se lo cuentas en Corfú? Puedes contarle lo del niño y pasar unas vacaciones maravillosas en una isla griega.

Kelly tragó saliva, mirando la maleta.

–No quiero volver a Corfú.

Todo había ocurrido allí. Allí se había enamorado. Allí le había roto el corazón.

–La vida es dura –dijo Vivien, siempre tan práctica–. Pero es mucho más sencilla con cuatro millones de dólares y, al menos, te enfrentarás con el mundo llevando unos zapatos de Christian Louboutin.

–No creo que pudiera ponérmelos con la escayola.

–Apóyate en su brazo mientras los llevas puestos. Para eso están los hombres.

–Yo no quiero un hombre.

Vivien suspiró.

–Sí lo quieres, lo que pasa es que te da miedo. Pero míralo de este modo, Kel: las vacaciones empiezan mañana y la alternativa es quedarte aquí, sola y triste. Mejor ser rica y feliz en Grecia, ¿no? Ponte esos zapatos de tacón y písale el cuello.

Un error, un error, un error.

Kelly iba rígida en el asiento de la limusina, mirando hacia delante mientras atravesaban la isla de Corfú, bajando por una carretera estrecha rodeada de olivos. Frente a ella, el maravilloso mar azul turquesa y la arena de color dorado, pero Kelly estaba demasiado estresada como para disfrutar del paisaje.

Cuatro años antes se había enamorado de aquel sitio. De sus olores, de sus sonidos, de los brillantes colores de Grecia. Y luego se había enamorado de Alekos.

Si hubiera llegado allí en circunstancias diferentes habría sido emocionante, maravilloso. En lugar de eso, apenas podía respirar. Lo único que sentía era miedo y ansiedad ante la idea de ver a Alekos otra vez.

No se habían visto desde aquel día en la cocina.

Ni siquiera sabía por qué había ido a Corfú.

¿Por qué le había pedido que llevara el anillo en persona? ¿Qué tenía en mente?

Kelly se debatía entre el optimismo y la más profunda desesperación.

Según Alekos, le había hecho un favor no casándose con ella. Le había dado vueltas y vueltas en su cabeza durante esas semanas...

¿Qué había querido decir con eso, que entonces era demasiado joven o algo así? Kelly se mordió los labios mientras miraba por la ventanilla. Con diecinueve años, una persona era demasiado joven para casarse. Tal vez había pensado que era demasiado ingenua o que no sabía bien lo que quería.

Lo único que sabía con toda seguridad era que no tenía ni idea de lo que pasaba por la mente de Alekos y necesitaba saberlo. Necesitaba saber qué futuro había para ella y para su hijo.

Poniendo una mano sobre su abdomen, Kelly se hizo a sí misma una promesa.

Pasara lo que pasara, no haría lo que su madre había hecho. No iba a aferrarse a una relación que no funcionaba.

Ella sabía lo que era tener unos padres que nunca deberían haberse casado.

Cuando el coche atravesó la impresionante verja de hierro forjado sintió que se le encogía el estómago. Ni siquiera la novedad de tener un jet privado para ella sola había logrado contener su aprensión. No sabía lo que esperaba Alekos de esa reunión, pero con toda seguridad no esperaría saber que iba a ser padre.

Tal vez se alegraría, pensó. Al fin y al cabo era griego y los griegos querían mucho a los niños. Al contrario que los ingleses, que solían tratar la llegada de un niño con mucho menos entusiasmo, en los restaurantes griegos se mostraban encantados cuando llegaba una familia y sonreían con indulgencia cuando los niños correteaban de un lado a otro. En Grecia, la familia era algo fundamental.

Y ése era su sueño, ¿no? Tener una familia.

Eso era lo que siempre había querido.

A pesar de que intentaba controlarse, en su mente se formó una imagen navideña con muchas versiones diminutas de Alekos abriendo regalos bajo un árbol enorme. Sería ruidoso, caótico, casi como un día de trabajo en el colegio... una de las razones por las que le encantaba ser profesora. Le gustaba el ruido, el ambiente que se creaba en una clase llena de niños.

Tal vez Alekos sentiría lo mismo.

Kelly arrugó el ceño. Alekos había hablado con sus alumnos como si estuviera en un consejo de administración, pero seguramente necesitaría un poco de práctica. Debía entender que a los niños no se les podía hablar como si fueran adultos.

Y tal vez, sólo tal vez, podría hacer que aquello saliera bien.

Al menos, tenía que intentarlo.

¿Cómo iba a mirar a su hijo a los ojos y decirle que ni siquiera lo había intentado?

La limusina se detuvo en un enorme patio con una fuente en el centro y Kelly tragó saliva. La primera vez que vio la casa de Alekos en Corfú se había quedado atónita. Ella había crecido en una casa pequeña y el lujo de aquella mansión mediterránea le daba un poco de miedo.

Aún seguía siendo así.

Diciéndose a sí misma que debía intentar ser un poco ordenada y no tirarlo todo por cualquier parte en la inmaculada villa, Kelly bajó del coche.

—El señor Zagorakis está terminando una conferencia y se encontrará con usted en la terraza en cinco minutos —Jannis le hizo un gesto para que entrase en la villa y Kelly miró alrededor, tan intimidada como la primera vez.

Los suelos eran de mármol pulido y lamentó haberse puesto los zapatos de Christian Louboutin. «Muerte por tacón de aguja», pensó, deseando que Alekos hubiera instalado barandillas o algo parecido.

Tal vez los aristócratas griegos recibían clases de patinaje sobre tacones desde niños.

Al ver las preciosas antigüedades decidió mantener los brazos a los lados para no romper nada. Todo estaba en su sitio, sin revistas, sin libros por todas partes, sin cartas sobre las mesas, cajas de pizza o tazas de té.

Sintiendo como si estuviera en un museo, Kelly suspiró, aliviada, cuando Jannis la llevó a una terraza. Pero por muchas veces que viese aquel paisaje, siempre se quedaría sin aliento.

El precioso jardín, con adelfas de color rosa y buganvillas, descendía por una pendiente verde hasta la playa.

Kelly parpadeó para evitar el sol mientras un yate se deslizaba por la superficie cristalina del mar a unos metros de ella.

Se sentía extrañamente desconectada, incapaz de creer que unas horas antes estaba en su casa de Little Molting y ahora estaba en Corfú.

Había dejado sus sueños allí, pensó, con un nudo en la garganta, en esa playa dorada.

—¿Qué tal el viaje?

Kelly tragó saliva al escuchar la voz de Alekos. Iba a verlo por primera vez desde su tórrido encuentro en la cocina pero, como siempre, el aire estaba cargado de electricidad y si uno de los dos hubiese tocado al otro habría vuelto a ocurrir. El brillo de sus ojos lo decía todo.

De repente, deseó que hubiera más gente en la casa. Necesitaba a alguien para diluir la concentrada tensión sexual que amenazaba con ahogarlos a los dos.

Y ella no quería ahogarse, quería pensar con la cabeza.

Kelly se recordó a sí misma que aquélla no era como la primera vez. Al fin y al cabo, ya no tenía diecinueve años.

Además, su particular cuento de hadas no había tenido un final feliz.

–Bien –respondió por fin–. Nunca había viajado en un jet privado –Kelly hizo una mueca, pensando: «por favor, di algo más inteligente». Pero su lengua no respondía y su corazón latía como loco–. La verdad es que me sentía un poco rara, si quieres que te sea sincera.

Alekos levantó una ceja.

–¿Rara?

–Un poco solitaria. La persona que me ha acompañado no es precisamente muy charlatana.

Él sonrió, con esa boca sensual que sabía cómo volver loca a una mujer.

–No se le paga para eso. Se le paga para que tengas todo lo que necesites.

–Pues necesitaba charlar.

–Muy bien, le diré que sea un poco más... charlatana.

–No, no hagas eso. No quiero que tenga problemas. Sólo digo que el viaje no ha sido muy divertido. No tiene sentido viajar en un jet privado si no puedes reírte de ello con nadie.

Alekos la miró como si no entendiera.

–La cuestión es tener el espacio y la intimidad que necesitas. Para eso están los aviones privados.

–Sí, claro. Está muy bien no tener que esperar cola en el aeropuerto y poder tumbarte en un sofá mientras estás en el aire...

–¿Te has tumbado en el sofá?

–Para no arrugarme el vestido. Es de lino y se arruga fácilmente. Los vestidos son preciosos, por cierto. ¿Cómo sabías que no tenía nada que ponerme?

–No lo sabía, pero me lo he imaginado.

–Sí, bueno... mi armario está lleno de cosas que ya no me valen, pero me niego a tirarlas porque algún día volveré a tener la talla 34.

–Espero que no –dijo él, mirando sus pechos.

Kelly sintió un cosquilleo en los pezones y notó que se marcaban bajo la tela del vestido, desafiando su intención de controlarse. Nerviosa, abrió el bolso y sacó el anillo.

–Toma, tu anillo. Éste debe haber sido el servicio de mensajera más caro del mundo –Kelly le ofreció el diamante y frunció el ceño cuando él no se movió–. Es tuyo.

–Te lo regalé a ti.

–No exactamente.

–¿Cómo que no?

–Me lo regalaste, pero se supone que era un anillo de compromiso y no nos casamos. Además, lo has comprado por cuatro millones de dólares. Y si estás esperando que diga que prefiero el anillo al dinero, olvídate. Ya he utilizado una parte para arreglar el patio del colegio. No puedo devolverte el dinero si eso es lo que quieres. Otra persona, alguien mejor que yo, te habría devuelto el dinero y el anillo pero, por lo visto, yo no soy tan buena. El roce con la riqueza me ha convertido en un monstruo.

Alekos la estudió, en silencio, intentando disimular una sonrisa.

–¿Te encuentras con cuatro millones de dólares en el banco y te los gastas en el patio del colegio? Me parece que no sabes nada sobre las motivaciones de una buscavidas, *agapi mu*. Tú nunca podrías serlo.

Aunque odiaba admitirlo, el término cariñoso hizo

que su corazón se acelerase. O tal vez era su voz, profunda y suave como el chocolate. Todo aquello sería más fácil si no se sintiera tan atraída por él, pensó. Era muy difícil apartarse de algo que uno deseaba más que nada.

–No me he gastado todo el dinero. ¿Para qué iba a poner suelos de oro en el patio? Pero la ampliación va a quedar muy bonita, con columpios. Y tendrá un suelo especial para que no se hagan daño cuando se caigan... pero no digas nada, se supone que ha sido un donativo anónimo.

–¿No saben de dónde ha salido el dinero?

–No, nadie lo sabe –Kelly sonrió–. Sienta bien dar dinero para algo importante, ¿verdad? Imagino que tú sentirás lo mismo cada vez que hagas un donativo.

–Yo no hago donativos personales. La empresa Zagorakis tiene su propia fundación.

–¿Tienes una fundación?

–Donamos una parte de los beneficios, como hacen muchas grandes empresas. Y hay un consejo que analiza las solicitudes y toma decisiones.

–Pero tú no conoces a las personas que hacen las solicitudes.

–A veces, pero no siempre.

–Entonces no te sientes feliz cuando ayudas a alguien.

Alekos la estudió, en silencio.

–Sentirme «feliz por ayudar a alguien» no está entre mis expectativas profesionales.

–Pues deberías porque ayudas a mucha gente.

Le resultaba raro pensar en esa nueva faceta de Alekos. O tal vez era el propio Alekos quien la desconcertaba. La experiencia le decía que tuviese cuidado, pero el instinto la empujaba a echarse en sus brazos. Seguramente porque estaban demasiado cerca el uno del otro.

–¿Vas a aceptar el anillo o no? Me resulta raro tener en la mano algo que vale tanto. Menos mal que no lo he sabido durante estos cuatro años, me habría sentido incómoda teniéndolo en casa.

–Póntelo, Kelly.

Ella lo miró, perpleja. ¿Había dicho...? ¿Quería decir...? No, no podía ser. No podía estar pidiéndole que se casara con él.

–¿Qué has dicho?

–Quiero que te lo pongas –Alekos le quitó el anillo de la mano y lo puso en el dedo anular de su mano derecha.

En la mano derecha, no en la izquierda como habría hecho si quisiera casarse con ella. Kelly sintió una punzada de desilusión y luego, inmediatamente, se enfadó consigo misma. Aunque le hubiera pedido que se casara con él, le habría dicho que no. Después de lo que pasó la última vez no iba a echarse en sus brazos como una tonta.

–Ahí está mejor –dijo él.

Y Kelly contuvo el impulso de decir que quedaría mejor en la mano izquierda.

El diamante brillaba bajo la luz del sol, mareándola como la había mareado cuatro años antes. Pero, recordando que un anillo de diamantes no hacía un matrimonio, se lo quitó del dedo para no hacerse ilusiones.

–Ya te he dicho que me he gastado parte del dinero. No quiero el anillo y no entiendo lo que está pasando. En realidad, no sé por qué estoy aquí.

–Quería hablar contigo. Tenemos cosas que decirnos.

Kelly pensó en el niño que llevaba dentro.

–Sí, es verdad. Yo también tengo algo que decirte... –de repente, se sintió insegura–. Es algo importante, pero puede esperar. ¿Qué tenías que decirme tú?

–Vuelve a ponerte el anillo, aunque sea un momento. ¿Te apetece una limonada?

–Sí, por favor –asintió Kelly, volviendo a ponerse el anillo. Ya hablarían del asunto más tarde, cuando estuviese un poco más tranquila–. He leído en los periódicos que has cortado con tu novia. Lo siento.

–No, no lo sientes –Alekos sonrió mientras servía la limonada en dos vasos.

–Muy bien, estoy intentando sentirlo porque no quiero ser una mala persona. Y lo siento por ella, la verdad. Yo sé lo que es que te dejen plantada. Es como olvidar que hay un último escalón y encontrarte de bruces en el suelo de repente.

Alekos hizo una mueca mientras le ofrecía el vaso.

–¿Tan horrible?

–Es como si te robasen algo vital... ¿te importa que quite estas cositas? –preguntó Kelly entonces, señalando el vaso.

–¿Qué cositas?

–Los trozos de limón –murmuró ella, apartándolos con una pajita–. No me gusta ver cosas que flotan en las bebidas.

Alekos respiró profundamente.

–Informaré a mi equipo de tus preferencias.

¿A su equipo? ¿Cuánta gente hacía falta para pelar un limón?

—La verdad es que está riquísima. Bueno, todo esto está muy bien: el jet privado, la casa, los vestidos, pero no creas que te he perdonado. Sigo pensando que eres un...

—¿Un qué?

—Prefiero no decirlo. En la tele ponen un pitido para tapar las palabrotas... pues eso.

—Puedes decirlo si quieres.

—No tengo costumbre. Debo ser precavida delante de los niños, así que intento no decir nunca palabrotas.

—Si no recuerdo mal, hace poco me llamaste canalla.

—Eso no es una palabrota. Además, tú reconociste que lo eras —Kelly se llevó el vaso helado a la cara—. ¿Por qué me has hecho venir en persona? ¿Por qué no se llevó Jannis el anillo... o algún otro empleado? No pueden estar todos pelando limones.

—Yo no quería el anillo, te quería a ti.

Kelly dejó el vaso sobre una mesa porque le temblaban las manos.

—Hace cuatro años no me querías.

—Sí te quería.

—Pues tuviste una manera muy curiosa de demostrarlo.

—Eras la primera mujer a la que le pedía que se casara conmigo.

—Pero no la última.

—No le pedí a Marianna que se casara conmigo.

—Pero ibas a hacerlo.

—No quiero volver a hablar de ella. Marianna no

tiene nada que ver con nuestra relación –replicó Alekos–. Dime por qué tienes ojeras.

«Ah, claro, cambia de tema», pensó ella. Evidentemente, no quería hablar de la rubia.

–Tengo ojeras por tu culpa. Luchar contra ti es agotador.

–Entonces no luches contra mí.

Kelly se preguntó cómo era posible que su corazón se hubiera vuelto loco cuando su cerebro no dejaba de enviar señales de alarma. Sí, Alekos era guapísimo, todo en él parecía hecho para atraer al sexo opuesto, desde sus anchos hombros al pelo oscuro o la piel morena. Selección natural, pensó, buscando alguna excusa. Ayudaba un poco creer que estaba genéticamente programada para sentirse atraída por el más fuerte, el más poderoso macho de la especie. Y Alekos Zagorakis era todo eso.

Pero que estuviera hundiéndose no significaba que estuviera dispuesta a hacerlo sin luchar.

No iba a hacer el tonto por segunda vez. No, para nada. Ni siquiera sabiendo que iba a tener un hijo suyo.

–Si esperas que me rinda, vas a llevarte una desilusión. Yo no soy sumisa.

–No quiero una mujer sumisa, quiero una mujer sincera.

–Ah, vaya, viniendo de ti eso tiene mucha gracia. ¿Cuándo me has dicho tú la verdad sobre tus sentimientos?

Kelly vio que apretaba los labios.

–No me resulta fácil hablar de mis sentimientos, no soy como tú. Tú siempre dices lo que sientes sin ningún problema.

–Yo soy así.

–Y yo soy de otra manera. Nunca he sentido la necesidad de confiarle mis sentimientos a nadie.

Kelly volvió a tomar el vaso de limonada.

–Bueno, entonces lo mejor será que vuelva a casa.

–No, hay cosas que tengo que decirte. Cosas que debería haberte contado hace cuatro años.

Y, a juzgar por su tono, iban a ser cosas que ella no querría escuchar, pensó Kelly, preguntándose si debía contarle que estaba embarazada antes de que él dijese algo que la obligase a darle un puñetazo. Ser una persona no violenta se estaba convirtiendo en un reto cuando estaba con aquel hombre.

–¿Voy a odiarte por lo que vas a decir?

–Pensé que ya me odiabas.

–Y así es. Puedes decir lo que quieras, nada va a pillarme por sorpresa –ridículamente aprensiva, se encogió de hombros, como si nada de lo que dijera pudiese afectarla.

Pero evidentemente iba a ser algo importante. Tal vez la razón por la que la había dejado plantada el día de su boda.

–Dilo de una vez, Alekos. No me gusta el suspense. Odio esos concursos de televisión en lo que dicen: «y el ganador es...» y luego esperan siglos o te ponen anuncios antes de decir el nombre. Por favor, me dan ganas de decir: «venga ya, acabad con eso de una vez» –al darse cuenta de que él la miraba como si fuera una demente, Kelly se encogió de hombros–. ¿Qué? ¿Qué pasa?

Alekos sacudió la cabeza.

–Nunca dices lo que espero que digas.

Ella dejó el vaso de limonada sobre la mesa.

–Sólo quiero que digas de una vez lo que tengas que decir. ¿Te avergonzaba? ¿Hablaba demasiado? ¿No te gustaba que fuese tan desordenada? ¿Comía demasiado?

–Me encanta tu cuerpo, tu costumbre de tirar las cosas donde te parece me resulta sorprendentemente enternecedora, siempre me ha fascinado tu habilidad para decir lo que piensas sin filtro alguno y jamás me has avergonzado.

A unos metros de ellos, una naranja cayó del árbol y rodó por el jardín, pero ella no se dio cuenta porque estaba demasiado ocupada intentando no hacerse ilusiones.

–¿Nunca te he avergonzado?

–Nunca, pero creo recordar que tú si te avergonzabas en muchas ocasiones.

Kelly se puso colorada.

–Sólo cuando lo hacíamos de día. Pero, por favor, di lo que tengas que decir de una vez, el suspense me está matando –murmuró, llevándose una mano al estómago. Era como esperar el resultado de un examen. Pero lo único que tenía que hacer era asegurarle que había madurado, que sabía lo que quería. Alekos le pediría perdón, ella lo perdonaría...

¿Qué estaba haciendo? Sin querer, empezaba a inventar finales felices.

Alekos respiró profundamente.

–La mañana de nuestra boda leí una entrevista que habías dado y en la que dejabas claro lo que querías.

Aún disfrutando de la absurda fantasía de un futuro

feliz, Kelly intentó recordar qué había dicho en esa entrevista.

—No lo recuerdo. Los periodistas no me dejaban en paz... aparentemente, tú nunca habías mostrado interés por el matrimonio y eso me convertía en una persona interesante.

Y estaría encantado con el niño, pensó.

Vivirían felices para siempre. Le pediría que comprase una casa en Little Molting, así podría seguir dando clases hasta el mes de junio, y cuando naciese el niño volverían a Corfú y lo criarían allí, entre los olivos.

Kelly sonrió, pero Alekos no le devolvió la sonrisa.

Al contrario, sus facciones se endurecieron hasta parecer las de una estatua griega.

—En esa entrevista decías que querías formar una familia, que querías tener cuatro hijos.

—Ah, sí, es verdad —Kelly se preguntó si aquél sería un buen momento para darle la noticia—. Al menos cuatro, sí.

Murmurando algo en griego, Alekos se pasó una mano por el pelo.

—Cuando leí la entrevista me di cuenta de que nos habíamos comprometido sin conocernos. Y sólo entonces me di cuenta de que no queríamos las mismas cosas.

—¿Ah, no? Pero tú eres griego y los griegos son muy familiares. Cuatro hijos no deben ser nada para ti. Podemos tener más, no me importa. ¡En casa tengo veintitantos alumnos! ¿Cuántos hijos tenías en mente?

—Kelly...

—A mí no me preocupa la cantidad, me encantan los niños.

–Kelly... –Alekos puso una mano sobre su hombro para obligarla a escucharlo–. Yo no quiero formar una familia –después de decirlo hizo una pausa, como para darle tiempo a que entendiera esas palabras–. No quiero tener una familia en absoluto.

–Pero...

–Estoy intentando decirte que no quiero tener hijos.

Capítulo 5

THEÉ MOU, haga algo! –Alekos fulminó al médico con la mirada. El hombre, de más de setenta años, parecía tener sólo dos velocidades: lenta y parada–. ¡Se ha dado un golpe en la cabeza!

–¿Quedó inconsciente después de darse el golpe?

Impaciente, Alekos recordó el horrible momento en el que la cabeza de Kelly chocó contra el suelo de mármol.

–No, creo que no... porque me dijo un par de cosas cuando estaba en el suelo.

–¿Qué te dijo?

–Eso no importa. El caso es que la tomé en brazos para traerla al dormitorio y está inconsciente desde entonces.

El médico tocó un chichón en la frente de Kelly.

–¿Por qué se cayó?

–Resbaló en el suelo de mármol cuando salía corriendo.

–¿Y por qué salía corriendo?

–Estaba disgustada –Alekos apretó los dientes, preguntándose por qué tenía que darle explicaciones a un médico tan anciano que seguramente había conocido a Hipócrates en persona.

—¿Por qué estaba disgustada?

—Porque habíamos discutido.

Nada sorprendido por tal confesión, el médico sacó un frasco de pastillas del maletín.

—Veo que no ha cambiado nada. Me llamaron para que atendiese a Kelly el día de su boda... la boda que no tuvo lugar.

Ah, de modo que, aunque lento, tenía buena memoria, pensó Alekos.

—¿Kelly necesitó un médico ese día?

—Estaba muy angustiada y los periodistas no la dejaban en paz.

Sintiendo como si le hubieran dado un puñetazo, Alekos frunció el ceño.

—No debería haberles hecho caso.

—Dejarla a merced de la prensa fue como dejarla a merced de los tiburones.

—Sí, bueno, puede que no lidiase con el asunto como debería...

—No lidiaste con el asunto en absoluto. Pero eso no me sorprende, lo que me sorprende es que le pidieras que se casara contigo —el médico cerró el maletín—. Recuerdo que venías aquí a ver a tu abuela cuando eras niño. Recuerdo un verano en particular, cuando tenías seis años. No hablaste durante un mes. Habías sufrido un trauma terrible...

—Gracias por venir —lo interrumpió Alekos.

El hombre lo miró, pensativo.

—A veces, cuando una situación afecta profundamente a alguien, examinar los hechos y lidiar con los miedos de forma racional ayuda mucho.

—¿Está sugiriendo que soy irracional?

–Creo que eres la desgraciada víctima del desastroso matrimonio de tus padres.

Alekos se dirigió a la puerta de la habitación.

–Gracias por el consejo –le dijo, intentando controlar su rabia–. Pero lo que necesito saber es cuánto tiempo estará Kelly inconsciente.

–No está inconsciente –contestó el médico, tomando el maletín para dirigirse a la puerta–. Está tumbada con los ojos cerrados. Sospecho que no quiere hablar contigo. Y, francamente, no me extraña.

–Abre los ojos, Kelly.

Ella siguió con los ojos cerrados.

Iba a quedarse allí, en aquel sitio seguro hasta que decidiera lo que iba a hacer.

Alekos no quería tener hijos. Era como su padre otra vez. Pero peor.

¿Cómo podía haber sido tan tonta? ¿Cómo podía no haberlo sabido?

–Que no me mires no significa que yo no esté aquí –insistió Alekos, exasperado–. Mírame, tenemos que hablar.

¿De qué iban a hablar?

Él no quería tener hijos y ella estaba embarazada. En su opinión, la conversación había terminado antes de empezar.

¿Qué iba a hacer?

Iba a criar a su hijo sola, completamente sola.

Abrumada por la situación, apretó los párpados, deseando tener una varita mágica para volver a su casa en Little Molting.

Lo oyó decir algo en griego y, un segundo después, sintió el roce de sus labios. Atónita, se quedo inmóvil mientras él trazaba la comisura de sus labios con la lengua, el beso tan suave, tan tentador, que dejó escapar un gemido de impotencia...

–¡Aléjate de mí, miserable! –le espetó un segundo después, empujándolo–. Te odio y odio tus suelos de mármol.

–No ha sido culpa mía...

–¿Cómo que no? Me duele todo, por fuera y por dentro.

Él sujetó sus manos para que dejase de empujarlo.

–Pensé que no creías en la violencia.

–Eso fue antes de conocerte.

La respuesta de Alekos fue bajar la cabeza y besarla de nuevo.

–Siento mucho que te hayas caído. Y siento que te hayas hecho daño.

Kelly intentó girar la cabeza, pero él no se lo permitió.

–Tú me has hecho más daño que el suelo. Y deja de besarme. ¿Cómo te atreves a besarme? ¡Aléjate de mí!

–No te muevas, Kelly. Sé que estás disgustada, pero querías que fuera sincero, ¿no? Querías saber lo que pensaba.

–¿Y cómo iba a saber que pensabas algo así? Eres griego, se supone que deberías querer formar una familia.

–¿Quién te ha dicho que todos los griegos quieren formar una familia?

–Bueno, eso es lo que dicen...

—Yo no quiero una familia.

—Ya me he dado cuenta —Kelly volvió a cerrar los ojos. Aquello era tan diferente a lo que había esperado que no sabía qué hacer. Necesitaba tiempo. Pasara lo que pasara, aquélla no debía ser una de esas ocasiones en las que decía lo primero que se le ocurría. No, esta vez iba a pensarlo bien, trazaría un plan y lo llevaría a cabo. Se lo contaría cuando llegase el momento, cuando estuviese preparada.

Una vez tomada la decisión, la compartiría con él y no antes.

Alekos pasó los dedos por el chichón de su frente.

—Deberías tomar las pastillas que ha dejado el médico.

—No, no puedo tomarlas.

—¿Por qué no?

—Porque no puedo. No me preguntes.

—Pero esas pastillas te quitarían el dolor de cabeza. ¿Qué problema tienes con ellas?

—Que no las quiero tomar.

—¿Por qué?

—¡Te he dicho que no me preguntes!

—Tómalas, Kelly.

—¡No quiero tomar nada que pueda hacerle daño al niño! —la frase salió de su boca sin que pudiese controlarla y, horrorizada, se tapó la cara con las manos—. No quería decir eso. No estaba dispuesta a decírtelo todavía. Te dije que no me preguntaras, pero tú tenías que seguir insistiendo, como siempre.

Alekos parecía haber recibido un balazo en la cabeza.

—¿Un niño?

–Estoy embarazada. Y es tu hijo –dijo Kelly–. El hijo que tú no quieres, por cierto. Supongo que estarás de acuerdo en que tenemos un problema.

Pálido y tembloroso, Alekos subió al Ferrari, arrancó y salió disparado por la carretera.

¿Un hijo?

La palabra hacía eco en su cerebro, junto con todos los sentimientos que iban asociados a ella. Un hijo que dependería de él. Un niño cuya felicidad sería responsabilidad suya.

Un hijo suyo.

Mascullando maldiciones, pisó el acelerador, tomando las curvas como un piloto de carreras...

Sólo cuando otro conductor tocó el claxon se dio cuenta de lo que estaba haciendo.

Pisando el freno, Alekos detuvo el coche en la cima de la colina y miró hacia la villa.

Kelly estaba allí, en algún sitio, probablemente haciendo la maleta.

Y llorando.

Apartó la mirada, intentando aplicar la lógica a una situación que no la tenía.

Un hijo. Llevaba toda su vida intentando evitar esa situación.

Y ahora...

¿Por qué no había tenido cuidado?

Pero él sabía la respuesta a esa pregunta: cuando estaba con Kelly cualquier pensamiento racional desaparecía de su cabeza.

Y no sería posible encontrar una mujer menos adecuada por mucho que lo intentase.

Kelly quería tener cuatro hijos.

Alekos se pasó una mano por la frente. «Acostúmbrate a la idea de que vas a tener uno», pensó. «Ése sería un buen principio».

Un hijo. Un hijo que dependería de él. Un hijo cuya felicidad estaría en sus manos.

Hasta ese momento no había sabido lo que era tener miedo de verdad. Pero en aquel momento lo tenía.

Miedo de defraudar a su hijo.

Miedo de defraudar a Kelly.

Si no sabía cómo educarlo, si lo hacía mal, su hijo sufriría. Y él sabía lo que era eso.

–*Theé mou*, ¿qué haces levantada? Deberías estar en la cama, descansando –la voz llegaba desde la puerta y Kelly se secó las lágrimas de un manotazo, aliviada al ver que había vuelto de una pieza.

No había hecho algo tan absurdo como lanzarse con el coche por un acantilado. Estaba vivo, no tenía su muerte sobre la conciencia. Ahora podía enfadarse con él sin ningún problema.

Pero al verlo tan pálido, despeinado y con la camisa arrugada pensó que tal vez sí había sufrido un accidente.

En cuanto le dio la noticia de que estaba embarazada había salido corriendo como un atleta olímpico. Pero había vuelto. Y, a juzgar por su aspecto, estaba peor que ella.

Aun así, seguía siendo un hombre espectacularmente atractivo.

Kelly tuvo que contener el impulso de consolarlo, recordando que aquella situación ya era lo bastante complicada.

Además, Alekos la había dejado plantada el día de su boda y acababa de decirle que no quería tener hijos.

¿Por qué quería abrazarlo?

—No te esperaba tan pronto. Normalmente tardas cuatro años en reaparecer —Kelly se dio la vuelta para guardar un vestido en la maleta. Daba igual lo que hiciera o lo que dijera, seguía siendo el hombre más guapo que había visto nunca y estar en la misma habitación con él era demasiado turbador—. Jannis me dijo que te habías ido en el Ferrari. ¿Qué haces aquí?

—Vivo aquí —respondió él—. Y sobre el niño...

—Mi hijo, no «el niño» —lo interrumpió Kelly, intentando meter un zapato en la maleta—. ¿Quién ha sacado mis cosas? ¿Y por qué ahora no cabe nada?

—Porque no has colocado las cosas de manera ordenada.

—La vida es demasiado corta para ser ordenada. La vida es demasiado corta para muchas cosas y estar contigo es una de ellas. ¡Ojala nunca hubiera vendido el maldito anillo! ¡Ojala no hubiera venido a Corfú después de terminar la carrera y ójala no te hubiese conocido nunca! Y ójala no estuviera esperando un hijo tuyo. Todo en mi vida es un desastre. La mayoría de la gente piensa y luego actúa... —Kelly consiguió cerrar la maleta—. Yo hago las cosas y luego pienso.

—Estás muy disgustada y lo entiendo, pero olvidas que cuando te dije... bueno, lo que te dije, yo no sabía que estuvieras embarazada.

–¿Y eso qué más da?

–No estaba intentando hacerte daño.

–Da igual. En cualquier caso hablabas en serio y ése es el problema –Kelly se dio la vuelta y, al hacerlo, se sintió mareada–. Vete de aquí, Alekos, antes de que te mate y esconda tu cadáver bajo un olivo.

–No deberías levantar cosas pesadas.

–Muy bien, entonces arrastraré tu cadáver hasta el olivo.

–Me refiero a la maleta.

–Da igual. Tiene ruedas y puedo ir tirando de ella hasta Little Molting si hace falta –tomando la maleta, Kelly se juró a sí misma que nunca volvería a tener una relación con ningún hombre, especialmente con un griego guapísimo y millonario.

¿Por qué no se le había ocurrido que Alekos no querría tener hijos?

¿Y qué iba a hacer ahora?

Iba a tener un hijo que Alekos no quería. No debería querer saber nada más de aquel hombre. Su declaración debería haber matado cualquier sentimiento por él.

Pero no era así.

Seguía loca por él. Lo amaba como lo había amado cuatro años antes.

Deseando poder apagar y encender ese amor como apagaba y encendía su iPod, Kelly se preguntó qué tendría que hacer para dejar de amarlo.

¿Era aquello lo que sintió su madre cuando supo que iba a tener un hijo con un hombre que no quería ser padre?

Alekos murmuró algo en griego, pasándose una mano por el pelo.

–Me culpo a mí mismo por no pensar que podrías quedar embarazada, pero la verdad es que ni siquiera se me ocurrió. Y sólo fue una vez, en la mesa de la cocina...

Kelly hizo una mueca.

–Muy romántico, ¿verdad? –el sarcasmo fue recibido con un tenso silencio–. Esperemos que el niño no pregunte nunca dónde fue concebido.

–Yo pensé que tomabas la píldora.

–Pues no. Dame esos zapatos, por favor.

–¿Zapatos? –distraído, Alekos tomó un par de zapatos de color rosa del suelo–. No deberías llevar zapatos de tacón si no sabes caminar sobre ellos.

–Sé caminar perfectamente, el problema son tus suelos.

–¿Por qué no tomas la píldora?

–Porque no me hace falta. Parece que estoy genéticamente programada para entregarme sólo a las formas de vida más bajas. Si hay un hombre decente y bueno, me vuelvo ciega. Ahora puedes darte golpes en el pecho o hacer esas cosas que hacen los cavernícolas –Kelly estaba a punto de tomar la maleta de nuevo cuando una mano grande y morena cubrió la suya–. No me toques. ¿Qué haces?

–Lo que hacen los cavernícolas, levantar cosas pesadas.

–Es una maleta, no una piedra. Puedo arreglármelas.

–No quiero que hagas nada que pueda dañar al niño.

–Mi hijo, Alekos, mi hijo. Deja de llamarlo «el niño». ¿Y si puede oírte? –explotó Kelly–. ¿Y si sabe que tú no lo quieres?

Alekos la miró, en silencio.

–Muy bien, yo soy el primero en admitir que no era esto lo que quería... pero ha ocurrido y es mi responsabilidad.

–Olvídalo. No quiero que vayas empujando el cochecito como si fueras un prisionero de guerra. Prefiero hacerlo sola.

–¡*Theé mou*, estoy siendo sincero! Eso es lo que tú querías, ¿no? Si dijera que estoy encantado con el niño, ¿me creerías?

Kelly tuvo que hacer un esfuerzo para contener las lágrimas.

–No.

–Por eso te digo la verdad. Esto ha sido una sorpresa para mí, pero ya encontraremos alguna solución. No pienso dejar que ese niño crezca sin su padre.

–¡Mi hijo! –repitió Kelly–. Si vuelves a llamarlo «el niño», te doy un puñetazo.

Alekos suspiró.

–¿Qué tal «nuestro hijo»? –sugirió, mirando su abdomen–. ¿Eso te gusta?

–Suena como una broma de mal gusto –respondió ella, sacando el móvil del bolso–. ¿Qué tengo que hacer para comprar un billete de avión? No hablo griego.

La respuesta de Alekos fue quitarle el móvil de la mano.

–No sé cómo se compra un billete de avión, nunca he comprado uno. Pero vas a quedarte aquí hasta que hayamos solucionado esto.

–¿Qué vamos a solucionar? Yo estoy embarazada y tú no quieres tener hijos. ¿Por qué no quieres tener hijos? ¿Qué clase de hombre eres tú?

Él la miró, sorprendentemente pálido.

—La clase de hombre que tuvo un padre egoísta y egocéntrico. La clase de hombre que juró no destrozar nunca la vida de un niño. La clase de hombre que ha pasado por ese infierno.

«Respira, respira», se decía Kelly a sí misma, deseando que Vivien estuviera allí con su bolsa de papel.

Aún atónita por la confesión de Alekos, se sentía totalmente desconcertada, sus planes de tomar un avión para volver a Little Molting olvidados tras aquella revelación.

Pero quedarse no tenía sentido.

Si alguna relación había estado destinada al fracaso era aquélla.

Pero el recuerdo de su palidez, de la tensión en su rostro mientras le contaba aquello. Y esas palabras: «la clase de hombre que juró no destrozar nunca la vida de un niño».

—Por el amor de Dios... —Kelly se quitó los zapatos y atravesó el suelo de mármol para salir a la terraza. Alekos le había dicho que si quería hablar estaría allí.

Muy bien, podían hablar durante cinco minutos. Comprobaría que estaba bien y luego se marcharía de Corfú.

Alekos no estaba en la terraza y miró alrededor, sorprendida. Pero entonces oyó un chapuzón en la piscina...

Nadaba dando largas brazadas, el agua resbalando por sus anchos hombros mientras intentaba aliviar su frustración.

Kelly sintió un cosquilleo al recordar toda esa fuerza concentrada en ella...

Pero no debía hacerlo, de modo que se sentó al borde de una hamaca a esperar.

La vista del jardín y el mar era absolutamente fabulosa. La paz y la tranquilidad de aquel sitio deberían calmarla, pero no podía calmarse con Alekos en su campo de visión.

Después de atravesar la piscina varias veces, él salió del agua y se dirigió hacia ella.

—Sólo quería saber si estabas bien.

—¿Por qué no iba a estar bien?

—Porque... me has contado cosas que no sueles contar.

—Ah, qué típico. Me odias, pero como crees que estoy disgustado tenías que comprobar si estaba bien.

—No quiero tener tu muerte sobre mi conciencia –replicó Kelly. Pero como era imposible concentrarse con toda esa piel desnuda delante de ella, apartó la mirada–. Bueno, a ver si lo he entendido correctamente: has dicho que no quieres tener hijos porque temes hacerles daño, ¿es eso?

—Sí.

Kelly se mordió los labios.

—¿Tu padre te hizo daño?

—Sí.

—¿No vas a decir nada más? Si no me dices lo que sientes... ah, espera, que tú no hablas de tus sentimientos.

—No.

—Pero oí lo que le decías al médico...

—Déjalo, Kelly.

–Ya, claro. Tú sigues adelante fingiendo que no pasa nada porque eso es lo que te funciona. El problema es que a mí no me funciona. La última vez no me funcionó. Pensé que habías decidido que no me querías, que yo era demasiado inexperta o algo así.

–Me gusta que seas inexperta –Alekos se puso una toalla alrededor de la cintura y Kelly tragó saliva, intentando concentrarse en otra parte de su anatomía.

–Ya, claro. Eso demuestra que no te entiendo y tú no me dices lo que piensas, así que lo mejor es olvidar el asunto.

–No vamos a olvidar nada. Pero tienes razón, es un tema del que me cuesta hablar –Alekos se sirvió un vaso de agua de una jarra–. ¿Qué es lo que quieres saber?

–Todo. Me gustaría entender por qué no quieres tener hijos.

–El matrimonio de mis padres fue un desastre. Mi madre tuvo una aventura, mi padre la dejó... y yo tuve que elegir con quién quería vivir –Alekos levantó el vaso y tomó un trago mientras Kelly lo miraba, perpleja.

–¿Tuviste que elegir entre los dos? ¿Cuántos años tenías?

–Seis. Me sentaron en una habitación y me preguntaron con quién quería vivir. Y yo sabía que dijera lo que dijera sería la decisión equivocada –Alekos dejó el vaso sobre la mesa–. Elegí vivir con mi madre porque me preocupaba lo que pudiera hacer si no la elegía a ella.

–¿Por qué?

–Ella era la más vulnerable de los dos... me dijo que se moriría si me perdiera y ningún niño de seis años quiere que su madre muera.

¿Habían obligado a un niño de seis años a elegir con quién quería vivir? Kelly estaba perpleja.

–¿Y tu padre? ¿No se daba cuenta de que estaba poniéndote en una situación imposible?

–Según él, tomé la decisión equivocada y nunca me perdonó.

–Pero...

–Dejé de existir para él. Nunca volví a verlo –Alekos la miró y, por una vez, no había burla en sus ojos, ni una pizca de humor. Sólo una fría determinación–. Yo no quiero que mis actos hieran a mis hijos. Y ocurre a menudo, así que ahora entenderás por qué me asusté al leer que querías tener cuatro hijos. Fue una sorpresa para mí.

Kelly se pasó la lengua por los labios.

–Ójala me lo hubieras dicho.

–Entonces no hablábamos mucho, ¿verdad? Nos comunicábamos de otra manera. Decir que fue un torbellino de relación sería decir poco.

–Yo sí te contaba cosas –le recordó ella. Pero nunca le había preguntado por su infancia o por sus sueños. Tal vez porque estaba pensando en *sus* sueños, no en los de Alekos–. No se me ocurrió que pudieras tener un problema con la familia. Parecías tan decidido, tan seguro de ti mismo. Siempre parecías saber lo que querías.

–Sí sabía lo que quería. O, al menos, creía saberlo –Alekos tiró de ella para levantarla de la hamaca–. Pero las cosas cambian. La vida te coloca en situaciones inesperadas.

Sin los zapatos, Kelly apenas le llegaba a los hombros y, por un momento, apoyó la cabeza en su bronceada piel.

—Sí, la vida te ofrece cosas inesperadas, es verdad. Pero esto no parece un cuento de hadas.

—Algunos cuentos de hadas son aterradores, *agapi mu*. ¿Qué pasa con las brujas y los lobos?

—Pero también está el hada madrina, que es buena.

—¿Lo ves? Yo sería un padre horrible, ni siquiera podría contarle cuentos —Alekos levantó su barbilla con un dedo—. ¿Te duele la cabeza?

—Un poco. En realidad me duele todo, es como si me hubiera pisoteado un rebaño de vacas. No pienso volver a ponerme zapatos en tu casa.

Pero lo que más le dolía era el corazón. Por él, por el niño al que unos padres egoístas habían obligado a tomar una decisión imposible. Y por ella, que ahora tenía que tomar una decisión igualmente difícil.

Marcharse y vivir sin él o quedarse y arriesgarse a que Alekos volviese a dejarla.

No sabía qué hacer, qué decisión tomar.

Alekos pasó un dedo por su labio inferior.

—¿No vas a ponerte zapatos? ¿Y ropa? —le preguntó, con voz ronca—. Tal vez tampoco deberías llevar ropa.

—No hagas eso. No puedo pensar cuando haces eso —Kelly intentó apartarse, pero él la sujetó—. Estoy desconcertada. Siempre pensé que eras un hombre absolutamente seguro de sí mismo, que no te daba miedo nada.

—En la vida profesional, soy así —dijo Alekos, enredando los dedos en su pelo—. Pero en mi vida personal suelo meter la pata de una forma espectacular.

La admisión, sorprendentemente sincera, destrozó su patético intento de resistencia.

—No podemos estar juntos por un hijo que tú no quieres.

Él tomó su cara entre las manos.

—Te traje aquí antes de saber que estabas embarazada.

—Si tanto interés tenías en hacer las paces, ¿por qué no fuiste antes a Inglaterra?

—Porque en Inglaterra llueve hasta en el mes de julio y aquí, en Corfú, puedo garantizar que podrás ir en bikini todo el día —en sus ojos había una promesa de seducción—. Soy así de frívolo.

—No puede ser sólo sexo, Alekos —Kelly puso una mano en su hombro para empujarlo—. El sexo es lo más fácil. Lo difícil es mantener una relación de verdad.

—Sí, lo sé.

—Tú no quieres tener un hijo, así que no veo la solución.

Pero le gustaría. Le gustaría tanto.

—La encontraremos juntos —Alekos buscó su boca, despertando emociones que ella intentaba contener.

Y que no podía contener.

Era el único hombre que podía hacerle perder la cabeza.

—Durante semanas he querido hacer esto... desde ese encuentro en la cocina no he pensado en otra cosa. Me vuelves loco, *erota mou*.

Sus labios eran tan peligrosos que Kelly dejó escapar un gemido. Los pájaros revoloteaban sobre sus cabezas, pero ninguno de los dos se daba cuenta, tan concentrados estaban el uno en el otro.

Fue el ruido de una puerta lo que por fin hizo que se separasen.

–Me estás desconcertando aún más –dijo Kelly.

–No tienes por qué estar desconcertada –Alekos volvió a buscar sus labios–. Tú deseas esto tanto como yo.

El aire era húmedo, cargado de tensión, y como una persona a punto de ahogarse, Kelly intentaba mantener la cabeza fuera del agua.

–Hace cuatro años me hiciste mucho daño.

–Lo sé.

–Ni siquiera me diste una explicación –murmuró ella, mirando la sensual curva de sus labios y la oscura sombra de su barba–. Te portaste de una manera horrible.

–Lo sé. Fui un auténtico canalla –asintió Alekos. Lo había dicho con voz ronca, sus pestañas negras escondiendo unos ojos en los que había un brillo de deseo–. Pero quiero compensarte. Podemos encontrar la manera de que esto funcione.

–No veo cómo. Y no te atrevas a besarme otra vez.

Kelly intentó apartarse, pero Alekos era más fuerte que ella y no temía usar la fuerza cuando le hacía falta.

Y el beso fue un recordatorio devastador de lo que había entre ellos.

–Vas a perdonarme, *agapi mu* –murmuró, mordiendo su labio inferior–. Estás enfadada, lo sé, pero eso es bueno porque significa que aún te importo.

–No, eso demuestra que tengo suficiente sentido común como para no dejar que vuelvas a entrar en mi vida.

Pero en sus palabras no había convicción. No sólo porque el beso la hubiera debilitado sino también por el niño. No quería marcharse, era así de sencillo. Pero si se quedaba había muchas posibilidades de que Alekos volviese a hacerle daño y esta vez estaría haciéndole daño al niño también.

—No puedo hacerlo. No puedo pasar por eso otra vez.

—Pero me deseas, tú sabes que es así...

—No, yo no sé nada de eso —lo interrumpió Kelly—. Es una cosa física, nada más.

—Si sólo es una cosa física, ¿por qué has estado llevando mi anillo al cuello durante cuatro años?

Ella abrió mucho los ojos.

—¿Quién te lo ha contado?

—Lo vi mientras hacíamos el amor en la cocina. No sabía que lo hubieras llevado puesto durante cuatro años, pero tú me lo acabas de confirmar. Y debes admitir que eso dice mucho.

—Dice que eres engañoso y traicionero —replicó Kelly, airada.

—Dice que sigue habiendo algo entre nosotros —Alekos apoyó la frente en la suya—. Quédate, Kelly. Quédate, *agapi mu.*

—No puedo pensar cuando estoy contigo y tengo que decidir lo que voy a hacer —dijo ella, intentando apartarse—. Estoy embarazada y tú no quieres tener hijos, así que dime cómo podría funcionar. ¿O de repente has descubierto que esto es lo que siempre habías querido?

—No, no voy a fingir que es así. Pero ha ocurrido y

eso lo cambia todo. Admito que lo del niño ha sido una sorpresa, pero encontraremos una solución.

–¿Cómo?

–No lo sé. Necesito algún tiempo para acostumbrarme a la idea y que tú te fueras no resolvería nada.

–Si me quedo acabaremos en la cama y eso tampoco resolvería nada –indecisa, Kelly lo miró a los ojos, como si fuera a encontrar allí la solución–. La última vez sólo era sexo, tú mismo lo has dicho. Si me quedo, tiene que ser diferente.

–¿En qué sentido?

–Tiene que ser una relación de verdad.

En realidad, no sabía qué hacer. Si su deseo de no tener hijos era tan profundo como para dejarla plantada en el altar, eso no iba a cambiar de repente.

Por otro lado, seguía allí. Eso demostraba que hablaba en serio al decir que quería que su relación funcionase.

A menos que su objetivo fuera acostarse con ella.

Y sólo había una forma de descartar esa posibilidad.

–Dormiremos en habitaciones separadas –anunció.

Alekos pareció vacilar un momento, pero al final asintió con la cabeza.

–Muy bien, dormiremos en habitaciones separadas si eso es lo que quieres.

Kelly no sabía si sentirse impresionada o decepcionada. ¿Era eso lo que quería? No estaba segura, pero ya no podía echarse atrás.

–Y tendrás que decirme lo que piensas. Todo el tiempo. Está claro que no sé leer tus pensamientos y es agotador intentarlo.

–Estás acalorada, deberías quitarte la ropa. Te quiero desnuda.

Ella lo fulminó con la mirada.

–¡Estoy intentando mantener una conversación seria!

–¿No querías saber lo que pienso? Pues eso es lo que pienso.

–En ese caso, tendré que censurar tus pensamientos. No quiero saber nada sobre los que tengan que ver con el sexo.

–Censurar mis pensamientos... –Alekos levantó una ceja, burlón–. De modo que quieres saber lo que estoy pensando, siempre que sea lo que tú quieres que piense. Va a ser muy complicado.

–Has levantado una empresa multimillonaria, seguro que puedes hacerlo si te empeñas. Y ahora, si no te importa, voy a deshacer la maleta.

–Los empleados se encargarán de eso.

–Prefiero hacerlo yo –necesitaba una excusa para estar sola durante unos minutos. Tenía que pensar y no podía hacerlo teniendo a Alekos tan cerca.

–¿Por qué no la abres y tiras el contenido por el suelo? –sugirió él.

–Puede que te parezca muy gracioso que yo sea desordenada, pero a mí me parece que tú tienes una obsesión por controlarlo todo. Y hay algo muy sospechoso en alguien que necesita tenerlo todo controlado y ordenado. La espontaneidad puede ser una cosa muy sana. Deberías recordarlo.

Y ella necesitaba recordar por qué demonios le había perecido buena idea sugerir que durmieran en habitaciones separadas.

Kelly volvió al dormitorio, deseando poder controlar su lengua.

Se había condenado a no pegar ojo por las noches.
Y si Alekos estaba decidido a hablar de sexo, los días
tampoco iban a ser muy relajantes.

Capítulo 6

DÓNDE has dicho que vamos esta noche? –Kelly estaba tumbada en una hamaca frente a la piscina, tomando limonada sin trocitos de limón e intentando no pensar en sexo.

¿Por qué cuando uno no podía tener algo pensaba en ello sin cesar?

¿Y por qué Alekos, que normalmente lo cuestionaba todo, había aceptado sin discutir que durmieran en habitaciones separadas?

Durante las últimas semanas había compartido con ella cada uno de los pensamientos que pasaban por su cabeza, algunos tan eróticos que era un alivio estar solos en la villa. También le había comprado flores, joyas, un libro y un nuevo iPod para reemplazar el que se le había caído en la piscina, pero no la había tocado. Ni una sola vez.

Y ni una sola vez había discutido la decisión de dormir en habitaciones separadas.

–Vamos a Atenas –respondió Alekos, leyendo tranquilamente los mensajes en su BlackBerry, como si no se diera cuenta de que ella estaba a punto de explotar.

No ayudaba nada que se hubiera sentado al borde de su hamaca, tan cerca como podía estarlo, pero sin tocarla. Sin darse cuenta, Kelly miró sus poderosos muslos y se le encogió el estómago.

¿Estaría haciéndolo a propósito?, se preguntó.

Intentando disimular, levantó un poco las piernas porque temía que sus muslos pareciesen gordos aplastados contra la hamaca.

Que hubiera pasado tanto tiempo con ella la sorprendía. Durante las últimas semanas sólo se había marchado en un par de ocasiones para acudir a alguna reunión que no podía mantener por teléfono. Debía ser un sacrificio enorme para él estar allí en lugar de estar en la oficina y era halagador que le dedicase tanta atención.

Pero se recordaba a sí misma que debía tener cuidado. Cada minuto del día.

Vivir juntos era demasiando intenso. Estar juntos era demasiado intenso, pensó, admirando los músculos de su espalda. De modo que era mejor ir a algún sitio, estar rodeados de gente.

–¿Es una cita o algo así?

–Más bien una cena de negocios. Pero quiero tenerte a mi lado.

Esas palabras hicieron que Kelly se derritiera. La quería a su lado. Estaba incluyéndola en su vida, compartiendo cosas con ella.

La relación estaba progresando, pensó, de modo que había sido buena idea sugerir dormitorios separados. Ojalá no fuese tan difícil. La química entre ellos era eléctrica e incluso sin tocarlo podía sentir la tensión de sus músculos. Y ella experimentaba la misma tensión.

–Esa cena... dime lo que debo decir. No quiero meter la pata.

–No espero que tú cierres el trato. Sencillamente, sé tú misma.

–¿Y qué debo ponerme?

–He pedido que envíen unos vestidos a nuestra casa de Atenas para que puedas elegir.

«Nuestra casa de Atenas».

Kelly tragó saliva, permitiendo que una llamita de ilusión se encendiera en su interior. ¿Diría eso si pensara volver a dejarla plantada? No. Hablaba como si fueran una pareja.

–¿Cuánto tiempo vamos a estar en Atenas?

–Sólo esa noche. El piloto vendrá a buscarnos en una hora.

–¿Una hora? –Kelly se sentó de un salto–. ¿Tengo una hora para impresionar a un montón de gente?

–Yo soy la única persona a la que debes impresionar. Y supongo que te arreglarás cuando lleguemos a Atenas. No te preocupes, he llamado a alguien que te ayudará.

–¿A quién has llamado, a un cirujano plástico?

–No, no creo que tú necesites un cirujano plástico. He llamado a una estilista y a una peluquera.

–¿Una estilista? ¿No necesito un cirujano plástico pero sí necesito una estilista? –con la confianza hecha añicos, Kelly se apartó el pelo de la cara–. ¿Estás diciendo que no te gusta mi estilo?

Alekos suspiró.

–Me encanta tu estilo, pero la mayoría de las mujeres pensarían que tener una estilista y una peluquera a su disposición es estupendo. ¿Me he equivocado? Porque si es así puedo cancelar...

–No, no, no canceles nada. Podría ser... –Kelly se

encogió de hombros– divertido. A lo mejor me dan uno de esos masajes con los que pierdes uno o dos kilos.

–Si hacen eso no volverán a trabajar para mí. ¿Por qué las mujeres se obsesionan tanto con estar delgadas?

–Porque los hombres son increíblemente superficiales –respondió ella, levantándose de la hamaca.

–¿Dónde vas?

–A arreglarme un poco.

–Puedes arreglarte cuando lleguemos a Atenas.

–Voy a arreglarme *antes* de arreglarme. No puedo enfrentarme con una estilista con esta pinta.

Alekos se pasó una mano por el pelo.

–Nunca entenderé a las mujeres.

–Sigue intentándolo. Tú eres muy listo, seguro que tarde o temprano lo consigues.

Su casa estaba en la mejor zona de Atenas, un poco alejada de las demás mansiones y al final de un largo sendero rodeado de árboles.

Mientras aterrizaban en el helipuerto, Kelly se sintió un poco mareada. Aquello era increíble.

La villa contaba con una enorme terraza mirando a la ciudad de Atenas y, en el jardín, una cascada de agua se transformaba en una piscina. Era un oasis de agua rodeado de buganvillas y madreselva.

Kelly pensó en su casita en Little Molting. Cuando estaba en la cocina casi podía tocar las cuatro paredes. Aquello era otro mundo.

Sintiéndose un poco intimidada, se agarró al asiento

mientras el helicóptero aterrizaba a unos metros de la mansión.

Y cuando cuatro hombres corrieron a abrir la puerta miró a Alekos, perpleja.

–¿Quiénes son?

–Parte de mi equipo de seguridad.

¿Parte?

–¿Hay algo que no me hayas contado?

–En Atenas tengo más cuidado –dijo Alekos, desabrochando su cinturón de seguridad–. El dinero te convierte en objetivo, ya lo sabes. Quiero poder vivir sin tener que estar mirando por encima del hombro a todas horas.

Kelly sabía que había creado miles de puestos de trabajo y que apoyaba proyectos benéficos. Aparentemente, nada de eso libraba a un millonario del peligro.

Mientras lo seguía hasta la puerta de la mansión iba mirando de un lado a otro, asombrada. Sin duda, era la casa más impresionante que había visto nunca.

Y no la había visto nunca porque cuatro años antes pasaban todo el tiempo en Corfú.

Las paredes de cristal le daban un aire muy contemporáneo. Los muebles eran sencillos y elegantes, pero la sensación general era de riqueza y privilegio. Nada que ver con sus humildes orígenes.

–No tenemos mucho tiempo –Alekos tomó su mano para subir la escalera–. Te dejo para que te prepares.

–Pero... –Kelly habría querido hacerle mil preguntas, pero él ya se alejaba por el pasillo con el teléfono en la mano.

Frustrada, miró alrededor, sintiéndose como una intrusa.

–¿Señorita Jenkins? –la llamó una mujer, alta y elegante–. Soy Helen. Si quiere que empecemos...

–Ah, sí, claro.

Kelly siguió a la mujer hasta una de las habitaciones de la suite y miró, incrédula, la cantidad de vestidos que habían llevado para que eligiese. Era como si hubiesen abierto una exclusiva tienda para ella sola. Cuatro años antes no había visto esa faceta de la vida de Alekos porque estaban siempre en la playa y cenaban en la terraza de su villa con la misma ropa que habían llevado durante el día...

Había dos mujeres más en la suite, pero era Helen quien estaba al mando.

–Si quiere empezar por elegir el vestido, podremos decidir el peinado y el maquillaje –dijo la estilista, mirándola con ojo de experta–. Y creo que tengo algo que le quedaría perfecto.

Kelly, que seguía preguntándose qué era «perfecto» para una cena de negocios, vio que tomaba uno de los vestidos.

–¿Rosa fucsia?

–Le quedará espectacular. Colores del Mediterráneo –Helen sacó el vestido de la percha–. Sus ojos son del color del mar, su pelo del color de la arena mojada y este vestido... del color de las adelfas. ¿No le gusta?

–Me encanta, pero yo quería tener un aspecto adulto y sofisticado. Tal vez algo negro...

–El negro es para los funerales –la interrumpió Helen–. Me habían dicho que lo de esta noche era una celebración. ¿Por qué no se da un baño y se lo prueba después? Si no le gusta, buscaremos otra cosa.

¿Una celebración?

El corazón de Kelly se volvió loco y, mientras se metía en la bañera llena de espuma perfumada, se preguntó qué iban a celebrar.

Debía ser algo muy importante si Alekos se había molestado tanto.

Y quería que ella estuviera a su lado, de modo que no podía ser sólo una cena de negocios.

Debía ser sobre ellos, pensó, temblando de emoción. Durante las últimas semanas no habían hablado del futuro, concentrándose en el presente y en su nueva relación. Y eso era bueno, se dijo a sí misma. Así era como debían hacerlo.

Y, aunque una parte de ella se sintiera decepcionada porque Alekos no había vuelto a mencionar el niño, otra parte lo entendía. Todo aquello era nuevo y él no lidiaba con sus problemas públicamente. Intentaba resolverlos por sí mismo.

Tenía que ser paciente y darle tiempo.

Que la hubiera llevado allí demostraba que los veía como una pareja, que ella era parte de su vida.

Kelly empezó a jugar con las burbujas. Evidentemente, iban a celebrar algo que aún no había pasado.

¿Iba a pedir su mano?

Intentó imaginar otra razón, pero no se le ocurría ninguna e intentó decidir si diría que sí de inmediato o lo haría esperar.

¿Pero por qué iba a hacerlo esperar? ¿Para qué? Lo amaba, nunca había dejado de amarlo e iba a tener un hijo suyo. No tenía sentido fingir que no quería estar con él.

Emocionada, apenas podía estarse quieta mientras una de las chicas le lavaba el pelo.

—No me atrevo a cortarle el pelo o el jefe me mataría —dijo Helen mientras se lo secaba con un secador de mano—. Y la verdad es que tiene un pelo precioso.

—¿Alekos ha dicho eso?

—«Quiero que deje a todo el mundo boquiabierto», eso fue lo que me dijo. «Pero no le cortes el pelo, tiene un pelo precioso». «Hagas lo que hagas, no se lo cortes o no volverás a trabajar para mí».

Tenía que dejar boquiabierto a alguien, ésa era una prueba de que estaba presentándola ante el mundo como una persona importante en su vida, pensó Kelly.

—¿Trabaja para él a menudo?

Sonriendo, Helen tomó su maletín de cosméticos.

—Solía llevarme a Corfú para que peinase a su abuela. Ella quería estar guapa, pero cada vez le costaba más tomar un avión para venir a Atenas, así que me llevaban allí. El señor Zagorakis adoraba a su abuela.

—Ah —murmuró Kelly, sorprendida porque Alekos apenas mencionaba a su abuela—. No la conocí, pero sé que la villa de Corfú era suya.

Entonces recordó las palabras del médico:

«Recuerdo que venías aquí a ver a tu abuela cuando eras niño. Recuerdo un verano en particular, cuando tenías seis años. No hablaste durante un mes. Habías sufrido un trauma terrible...

Corfú había sido su santuario, pensó mientras Helen le aplicaba el maquillaje. Pero nunca hablaba de ello. ¿Por qué?

–Está guapísima.

–Gracias.

–Ahora, el vestido.

Nina, su ayudante, entró con el vestido en la mano y Kelly se lo probó.

–Perfecto. Sólo faltan los zapatos.

Kelly hizo una mueca.

–Yo no puedo andar con unos tacones tan altos. Tengo un problema con los zapatos y los suelos encerados.

–Para eso inventó Dios a los hombres. El señor Zagorakis la llevará del brazo –Helen dejó los zapatos en el suelo y Kelly se los puso–. Sólo nos faltan las joyas... lleva el cuello desnudo.

–¿Ya estás lista? –Alekos entró en la habitación con el teléfono pegado a la oreja, espectacular con una chaqueta blanca de esmoquin.

Pero al verla, bajó el teléfono.

Y Kelly no tenía que mirarse al espejo para saber que Helen había hecho un buen trabajo. Mirarlo a los ojos era suficiente.

Sintiéndose mejor que nunca, se dio la vuelta para mirarse al espejo... y se encontró con una mujer a la que no reconocía. Normalmente, ella vestía de negro porque le parecía el color más seguro, pero no había nada seguro en el rosa fucsia. Era valiente, alegre, atrevido.

Y, con ese escote, innegablemente sexy.

Pero no sabía si era buena idea ponerse algo sexy.

Supuestamente, estaban intentando quitarle importancia al elemento sexual en su relación.

Por otro lado, si iban a celebrar lo que ella creía que iban a celebrar, ¿qué mejor manera de hacerlo?

–Estás preciosa –dijo él, haciendo un gesto con la cabeza para que Helen y Nina salieran de la habitación–. Y tengo algo para ti.

El corazón de Kelly se aceleró.

–¿Ah, sí?

–Pero antes tengo que decirte algo.

–Yo también quería decirte una cosa.

«Te quiero. Nunca he dejado de quererte».

–Quiero terminar con esta farsa de dormir en habitaciones separadas. Me está volviendo loco, Kelly. No puedo concentrarme en el trabajo, no puedo dormir.

–Ah –murmuró ella, sorprendida. Aunque era lógico que Alekos sintiera eso porque era un hombre muy viril–. A mí me pasa lo mismo. Yo también me estoy volviendo loca.

–Quiero que nuestra relación incluya el sexo.

Una relación de verdad, pensó ella.

–Yo también –murmuró, con el corazón acelerado cuando Alekos la tomó por la cintura.

–No puedo evitarlo. Tengo que...

Kelly olvidó que tenían que ir a una cena, incluso olvidó que estaba esperando que la pidiese en matrimonio. Sólo estaba concentrada en ese momento.

Al sentir el roce de las manos masculinas en su espalda desnuda buscó sus labios mientras Alekos levantaba el vestido, enardecido.

–Kelly...

–Sí, lo sé.

–Espera... no deberíamos –dijo él entonces.

–¿Por qué? Pensé que...

–No, así no. No es esto lo que quiero.

–¿No?

–Más tarde –Alekos dio un paso atrás–. No quiero unos minutos de locura contigo, quiero algo más.

También ella quería algo más.

Quería un final feliz y cuando Alekos metió la mano en el bolsillo de la chaqueta, por un segundo pensó que se le había parado el corazón.

–Tengo algo para ti –dijo él, sacando una cajita del bolsillo.

Kelly la miró. Era una cajita larga... no de la forma que ella esperaba.

–¿Qué es?

Tal vez no tenían cajitas pequeñas en la joyería o tal vez él había pensado que sería divertido fingir que no era un anillo.

–Es un collar.

No era un anillo, era un collar.

–Te quedará perfecto con ese vestido –Alekos sacó el collar de diamantes de la caja–. Quería hacerte un regalo.

Estaba dándole un regalo, pensó Kelly, no un futuro.

Un collar.

No un anillo.

No una proposición de matrimonio.

Al ver los diamantes sintió lo mismo que había sentido cuando cayó al suelo en la villa de Corfú: sin aire, sin aliento, apartada de la realidad.

No sabía qué decir, pero tenía que decir algo porque Alekos la miraba, interrogante.

–Pareces sorprendida.

–Lo estoy.

–Los diamantes suelen ejercer ese efecto en la gente.

Kelly carraspeó para aclararse la garganta.

—Es muy bonito, gracias —le dijo, como una niña agradeciendo una muñeca porque su estricto padre así lo esperaba.

Dado el valor del regalo, seguramente la respuesta no era muy apropiada, pero no podía hacer otra cosa.

En las últimas horas se había convencido a sí misma de que Alekos iba a pedirle en matrimonio, de que la celebración que había mencionado Helen iba a ser su compromiso. Pero no era eso y sintió que sus ojos se empañaban.

—Es precioso... de verdad.

—¿Entonces por qué lloras?

—Es sólo... —Kelly se aclaró la garganta—. Me he quedado sorprendida. No esperaba esto.

—He pensado que podría marcar el inicio de nuestra nueva relación.

—Del sexo, quieres decir.

—Este collar no tiene nada que ver con el sexo. ¿Eso es lo que crees?

—No, da igual, no te preocupes. Estoy embarazada y las mujeres embarazas suelen... emocionarse por tonterías.

—¿Quieres tumbarte un momento? Me gustaría que vinieras conmigo a la cena, pero si no te encuentras bien...

No le había pedido en matrimonio, pero su relación había tomado un nuevo rumbo, pensó. Estaba siendo poco realista al pensar que todo se iba a arreglar en unas semanas. Haría falta mucho más que eso, ¿no?

Tenía que ser paciente.

No le había pedido que se casara con él, pero las

cosas estaban cambiando. Para empezar, decía «nuestra casa», no «mi casa». Había aceptado que no hubiera sexo en la relación y eso demostraba que era capaz de acomodarse a sus deseos. La veía como a una compañera, no como un objeto sexual. Y, sobre todo, cuando decía la palabra «embarazada» no salía corriendo.

Ésa tenía que ser una buena señal.

Capítulo 7

ALEKOS observaba a Kelly charlando con el grupo de poderosos banqueros y empresarios con una mezcla de sentimientos. Llevarla con él había sido un movimiento estratégico por su parte para suavizar la que, en otras circunstancias, podría haber sido una reunión difícil y, por un lado, era un alivio que todo fuera bien. Pero no podía evitar una punzada de celos al ver que uno de los empresarios más jóvenes la hacía reír.

Había pasado mucho tiempo desde que vio a Kelly tan relajada y tan feliz.

Era como si se hubiera encendido una luz dentro de ella, como si ya no llevase una carga sobre los hombros.

Estaban sentados en la terraza de uno de los mejores restaurantes de Atenas, separados de los demás clientes por enormes plantas.

Era un sitio perfecto.

Pero Alekos no se había sentido nunca tan nervioso.

No sólo empezaba a enfadarse al ver al joven empresario flirteando con Kelly sino que aún temblaba de deseo porque ese tórrido encuentro en la habitación no había sido suficiente para saciar su apetito.

Cuando ella se inclinó hacia delante para tomar el vaso de agua, el escote del vestido rosa se abrió un poco y, convencido de que el otro hombre estaba disfrutando de la panorámica tanto como él, Alekos apretó el vaso que tenía en la mano.

Pero, sin darse cuenta del peligro al que se enfrentaba, su competidor siguió charlando con Kelly.

–Cuando Zagorakis dijo que iba a venir con una mujer no esperaba a alguien como tú.

Alekos empezó a tamborilear sobre la mesa, sus pensamientos tan negros como una tormenta al ver que rozaba su brazo. Y Kelly sonreía.

¿Estaba haciéndolo a propósito?

¿Estaba intentando despertar sus celos?

–¿Qué te parece, Alekos? –era Takis quien hablaba, el mayor del grupo de banqueros–. ¿Crees que la expansión tendrá un efecto negativo en la cuenta de beneficios?

–Lo que creo es que si Theo no aparta los ojos de mi mujer en cinco segundos buscaré financiación en otro sitio.

El joven lo miró, perplejo.

–¿Cómo?

–Vuelve a tocarla y acabarás trabajando en la caja de un supermercado.

Kelly lo miraba como si se hubiera vuelto loco.

Y tal vez así era, pensó Alekos, notando que sus nudillos se habían vuelto blancos. Nunca en su vida había perdido el control durante una reunión de trabajo. Pero no estaba dispuesto a dejar que otro hombre tocase a Kelly.

Takis rompió el silencio con una risa forzada.

–No subestimes lo que haría un griego para defender a su mujer, ¿eh? Brindemos por el amor. ¿Debemos entender que la vuestra es una relación seria?

Alekos vio que Kelly se ponía colorada.

–Es hora de sentar la cabeza –siguió Takis, encogiéndose de hombros, como si fuera un destino al que estaban abocados todos los hombres, quisieran o no–. Necesitarás hijos fuertes para llevar tu naviera. Kelly no es griega, pero eso no importa. Es una mujer preciosa y estoy seguro de que te dará hijos fuertes y sanos.

Alekos volvió a sentir una ola de pánico. Hijos, más de uno. Muchos niños que dependerían de él.

Nervioso, tomó su copa de vino.

–Cuanto antes empecéis, mejor –Takis no parecía darse cuenta de su nerviosismo o del rictus de Kelly–. Una esposa griega debe tener muchos hijos.

Preguntándose si Takis estaba haciéndolo a propósito, Alekos hizo una mueca. Anticipaba la reacción de ella ante un comentario tan sexista y decidió intervenir antes de que explotase.

–Esta discusión es un poco prematura.

Pero si esperaba gratitud se llevó una desilusión porque Kelly lo miró a los ojos, tan pálida como la servilleta que tenía en la mano.

–¿Crees que la discusión es prematura? Pues yo creo que la hemos retrasado demasiado tiempo –replicó, levantándose–. Perdonen, tengo que ir al baño.

Los hombres se levantaron y Alekos, al ver los brillantes suelos del restaurante, decidió seguirla, por si acaso.

Un par de pasos tras ella, admirando sus piernas, se preguntó si podrían marcharse antes del postre...

–Será mejor que me tomes del brazo, el suelo es resbaladizo. Y no deberías haber contestado así. Ya sé que las opiniones de Takis son un poco anticuadas, pero...

–¿Que no debería haber contestado así? –lo interrumpió ella, volviéndose para fulminarlo con la mirada–. No cambiarás nunca, ¿verdad? Me estoy engañando a mí misma. Pensé que estabas acostumbrándote a la idea, pero la verdad es que sencillamente has querido olvidarte del asunto. Estás haciendo lo que se te da mejor: fingir que no ocurre nada.

–Eso no es verdad.

–Sí es verdad. Takis ha dicho que deberías tener hijos, pero según tú eso es prematuro. ¿Cuánto tiempo necesitas, Alekos?

–No tengo intención de hablar sobre mi vida privada con Takis Andropoulos.

–Deja de engañarte a ti mismo. Tú no quieres tener hijos. Y no te atrevas a decir que yo he metido la pata, has sido *tú* el que ha soltado esa barbaridad. Te has portado como un bruto, celoso y posesivo, fulminándome con la mirada porque charlaba con el hombre que tú has sentado a mi lado.

–Kelly...

–No he terminado. Podría perdonarte todo eso porque sé que tienes una visión anticuada de la vida, pero nunca te perdonaré por negar la existencia de mi hijo.

Alekos miró alrededor, percatándose de que todos los clientes del restaurante estaban atentos a la conversación.

–Yo no he negado la existencia de nuestro hijo.

–¡Sí lo has hecho! Y no te atrevas a llamarlo «nuestro hijo». No lo has mencionado ni una sola vez en las últimas semanas. Me compras flores, joyas, cualquier cosa para que me acueste contigo, pero no piensas en el niño. Ni una sola vez.

–No lo hacía para acostarme contigo. Si sólo me interesara eso, al menos te habría besado.

–Y yo habría caído rendida a tus pies. ¿Eso es lo que quieres decir? ¿Te crees un dios del sexo o algo parecido? Eres un arrogante y un egoísta...

–Kelly, tienes que calmarte.

–¡No me digas que me calme! –estaba temblando de rabia, los ojos brillantes en un rostro totalmente pálido–. Nuestra supuesta relación se ha terminado. Esto no es lo que yo quiero para mi hijo y no es lo que quiero para mí. Me voy a casa, no te molestes en seguirme –con manos temblorosas, se quitó el anillo y lo puso en su mano–. Se acabó. Quiero volver a Corfú esta misma noche... no quiero que durmamos bajo el mismo techo. Y volveré a Inglaterra por la mañana.

Después de decir eso se quitó los zapatos y se dirigió hacia la puerta del restaurante sin molestarse en mirar atrás.

Angustiada como nunca, en ese estado entre el sueño y la vigilia, Kelly abrió los ojos. Podía oír un ruido... el ventilador del techo, pensó. Pero se tapó la cara con la almohada, demasiado agotada como para levantarse.

Cuando el piloto de Alekos la llevó de vuelta a Corfú era medianoche, pero no había podido conciliar el sueño. Y estaba amaneciendo...

Le dolían los ojos de tanto llorar y tenía demasiadas cosas en la cabeza como para poder dormir.

El sonido de unos pasos masculinos en el dormitorio hizo que su corazón se acelerase. Y cuando apartó la almohada, dejó escapar un grito.

Alekos estaba allí, con la misma chaqueta blanca que había llevado en el restaurante. Llevaba un montón de paquetes en la mano y se quedó inmóvil, como transfigurado al verla en la cama.

–¿Qué haces aquí? ¿Y por qué sigues llevando el esmoquin? Parece como si hubieras estado levantado toda la noche.

–Llevo levantado toda la noche –sus ojos brillaban de deseo y Kelly recordó entonces que estaba desnuda.

–Deja de mirarme así –colorada hasta la raíz del pelo intentó taparse con la colcha, pero estaba tumbada sobre ella y el proceso se convirtió en una pelea entre la colcha y ella.

–¡Ya está bien! –depositando los paquetes sobre una silla, Alekos tiró de la colcha y la cubrió con ella–. *Theé mou*, ¿lo haces a propósito?

–¿Qué hago a propósito?

–Atormentarme –Alekos dio un paso atrás.

–¡No me culpes a mí! Se supone que no deberías estar aquí.

Demasiado tarde se dio cuenta de que el sonido que había escuchado no era un ventilador sino las aspas del helicóptero.

–El trato era que yo te diría lo que pienso y he venido para decírtelo.

–Eso fue antes de...

–¿Vas a dejarme hablar o quieres que te haga callar como me gustaría hacerlo?

Kelly sujetó la colcha sobre su barbilla.

–No quiero que me toques. Di lo que tengas que decir y luego márchate. Me voy mañana a las once.

Él dejó escapar un largo suspiro.

–Anoche me acusaste de negar la existencia del niño, pero no es eso lo que estoy haciendo.

–Si has venido con alguna excusa estás perdiendo el tiempo...

–Kelly, tú sabes que soy un hombre muy reservado. No me resulta fácil contar lo que siento. Sé que nuestra relación está en un momento muy delicado... ¿de verdad crees que me arriesgaría a desestabilizarla anunciando a un montón de extraños que estás embarazada? ¿Eso es lo que querías que hiciera?

Demasiado enfadada como para entender su punto de vista, Kelly se sentó sobre la cama.

–Has estado negando la existencia de este niño desde el primer día. Sé que no lo quieres, sé que seguramente es lo peor que podría haberte pasado y fingir que no es así es engañarte a ti mismo. Esperas que la atracción que hay entre nosotros lo solucione todo, pero eso no va a pasar.

–No es eso lo que quiero. Y es cierto que descubrir que estabas embarazada fue una sorpresa para mí, no lo niego –la voz de Alekos se volvió ronca, su acento más pronunciado de lo normal–. Y seguramente no lo estoy haciendo bien, pero lo he intentado. Acepté que durmiéramos en habitaciones separadas porque una parte de mí entendía tus razones.

–Ah.

–Sí, ah –visiblemente tenso, Alekos se quitó la chaqueta y, después de dejarla sobre el respaldo de la silla, empezó a quitarse los gemelos–. Admito que la atracción que hay entre nosotros me ciega, pero sé que te hice mucho daño hace cuatro años y no quiero volver a hacértelo. Estoy intentando hacer lo que tú quieres y respetar las barreras que tú has establecido.

–Es muy injusto por tu parte volverte tan razonable de repente sólo porque estoy enfadada –murmuró Kelly–. Y no pienses ni por un momento que esto cambia nada. Aunque te portes como una persona razonable, sé que en el fondo sigues queriendo creer que el niño no existe.

–Tú dijiste que no querías estar conmigo sólo por el niño... que tenía que haber algo entre nosotros. Y yo estoy de acuerdo. Así que me he concentrado en «nosotros».

–No te entiendo.

–Te he comprado regalos porque quería mimarte, pero si hubiera traído regalos para el niño habrías dicho que sólo estaba intentando comprarte porque estás embarazada.

Kelly se apartó el pelo de la cara.

–Tal vez –admitió–. ¿Estás diciendo que no soy razonable?

–No, no estoy diciendo eso. Pero estoy intentando hacerte ver que no puedo ganar. Haga lo que haga, tú vas a interpretarlo mal porque quieres hacerlo. No confías en mí y no te culpo. En estas circunstancias sería extraño que lo hicieras. Sé que debo ganarme tu confianza y estoy intentándolo.

–Estás dándole la vuelta a la situación para que me

sienta mal. Y nada de eso explica por qué te has comportado como un cavernícola en el restaurante. No me gusta nada la violencia...

–Y a mí no me gusta que toquen a mi mujer.

–Eres muy posesivo.

Alekos se encogió de hombros.

–Sí, lo soy. Es una acusación que no puedo negar. El día que sonría al verte flirtear con otro hombre será porque ya no hay nada entre nosotros. Pero pienso luchar por esta relación, *agapi mu*, aunque eso ofenda tus principios de no violencia.

Fascinada a su pesar por tal demostración de territorialidad masculina, Kelly intentó contener los latidos de su corazón.

–No estaba flirteando con otro hombre, ni siquiera disfrutaba de su compañía. Si quieres que te diga la verdad, era muy aburrido.

–Estabas riendo, nunca te había visto tan feliz.

–Me dijiste que era una reunión importante e intenté mostrarme simpática. Y me sentía feliz porque hasta que perdiste la cabeza pensé que todo estaba bien. Te mostrabas amable conmigo, decías «nuestra casa» y pensé que estábamos haciendo progresos...

–¿Nuestra casa? –la interrumpió Alekos.

–Eso dijiste, «nuestra casa». Y me gustó mucho.

Kelly se mordió los labios, preguntándose si era posible que dos personas tan diferentes se entendieran.

–Parecía como si hablaras de una pareja –siguió–. De verdad pensé que las cosas iban bien, por eso me sentía feliz. Y cuando me siento feliz, sonrío.

Alekos la estudió, en silencio.

–Yo pensé que estabas contenta porque te gustaba Theo.

–Estaba contenta por ti. Y espero que no se te suba a la cabeza porque no duró mucho. Intentaba ser amable por ti y...

–¿Por mí?

–Dijiste que era una reunión importante, así que hice un esfuerzo por ser amable con todos. Y todo iba bien hasta que metiste la pata... –Kelly se tapó la cara con las manos al recordar su brusca salida del restaurante–. Pero ahora me siento fatal. Y todo es culpa tuya.

–Estoy totalmente de acuerdo.

Sorprendida, Kelly apartó las manos de su cara.

–¿Estás de acuerdo?

–Me porté de una manera muy poco sensata, es verdad –Alekos tiró del lazo de su corbata y la dejó sobre la chaqueta–. Llevo despierto toda la noche, intentando encontrar la forma de convencerte de que sí te quiero, a ti y al niño.

–Entonces estarás cansado –murmuró ella, distraída al ver el vello oscuro de su torso–. Deberías acostarte.

–Dormir no está en mi lista de prioridades ahora mismo. Solucionar esto es más importante –dijo él, paseando por la habitación–. Sí pienso en el niño y para demostrártelo he decidido que era el momento de traer esto. Son cosas que he ido comprando durante estas semanas –añadió, señalando las cajas–. No sabía si debía enseñártelas, pero creo que ya no tiene sentido esperar.

–¿Qué has comprado? –preguntó Kelly–. Si son joyas, vas a necesitar una novia más grande.

–No son joyas y nada es para ti. Son regalos para el niño.

Ella parpadeó, asombrada. ¿Había comprado regalos para el niño?

–Pero aún no estoy embarazada de nueve meses. No sabemos si es niño o niña...

–Puedo devolverlos si quieres.

–No, no –dijo Kelly. Había comprado regalos para el niño cuando ella creía que lo había apartado de sus pensamientos–. Ahora me siento fatal.

–Yo no quiero que te sientas mal, sólo quería hacerte feliz. Pero parece que no es tan fácil.

–Ah, gracias, eso me hace sentir aún peor. ¿Qué has comprado?

–Abre las cajas –dijo él, dejando los paquetes sobre la cama.

–Voy a tener un niño, no sextillizos.

–Fui de compras un par de veces mientras estaba en Atenas –incómodo, Alekos desabrochó otro botón de su camisa–. Es posible que me dejase llevar un poco.

Emocionada, y sintiéndose horriblemente culpable, Kelly tomó el primer paquete, grande y blandito. Cuando rasgó el papel, encontró un enorme oso de peluche con un lazo rojo.

–Es precioso.

–Pensé que si lo compraba con un lazo azul te enfadarías por haber creído que era un niño y que si luego era una niña tendríamos que cambiarlo por uno rosa... así que el rojo me pareció mejor.

Kelly nunca había pensado que comprar un oso de peluche pudiera ser tan complicado y menos para un hombre que tomaba decisiones millonarias todos los días.

—Es perfecto. Al niño o a la niña le encantará.

Cuando abrió el segundo paquete encontró otro oso de peluche, idéntico al primero.

—Otro oso.

¿Qué quería, que el niño tuviera un oso de peluche para cada día de la semana?

—Estás pensando que me he vuelto loco.

—No, no estaba pensando eso.

Alekos le quitó el oso para mirarlo con una extraña expresión.

—Mi oso de peluche era la única constante en mi vida cuando era pequeño. Pasara lo que pasara, él siempre estaba allí. Pero un día lo perdí. Me lo dejé en un taxi cuando iba a casa de mi abuela y nunca volví a verlo. Para mí fue una tragedia —Alekos levantó la cabeza para mirarla a los ojos—. Cuéntaselo a la prensa y destrozarás mi reputación para siempre.

Kelly sintió que sus ojos se llenaban de lágrimas.

—Nunca se lo contaré a nadie. ¿Pero por qué no pudiste encontrarlo? Podrías haber llamado a la empresa de taxis.

—A nadie le pareció importante. Sólo era un oso de peluche... por eso he comprado dos. Por si acaso nuestro hijo lo perdiera. Podemos guardar éste en un armario y si el niño perdiese el primero, lo sacaremos para que no lo eche de menos.

Kelly no pudo evitar que las lágrimas rodaran por su rostro.

—Muy bien, haremos eso.

—¿Por qué lloras? ¿Qué he hecho?

—No has hecho nada, no te preocupes. Me encantan los osos, los dos.

—¿Entonces?

—No dejo de pensar en ti a los seis años, teniendo que elegir entre tu padre y tu madre.

—¿Estás llorando por algo que me pasó hace veintiocho años?

—Sí —Kelly se pasó una mano por la cara, intentando controlarse—. Creo que estar embarazada me hace más emotiva de lo normal.

—Posiblemente —asintió Alekos, ofreciéndole un pañuelo—. Pensé que había metido la pata con los osos.

—No, son preciosos. Y tener uno de repuesto es buena idea. Ahora me siento fatal por haberte acusado de negar la existencia del niño. Y perdona que llore, es que estoy cansada y me siento mal.

—No tienes por qué. Sé que lo hago todo mal, pero lo estoy intentando, *agapi mu*.

Kelly asintió con la cabeza.

—¿Qué más has comprado?

Abrió las cajas una por una, emocionada. Había más juguetes, ropa, libros de cuentos... cosas inapropiadas para un recién nacido, pero lo importante era la intención.

—He pensado que debería aprender los dos idiomas —Alekos la observaba mientras abría las cajas—. Quiero que el niño sepa que es griego.

—O griega —le recordó ella, mirando los libros que el niño o niña no podría leer hasta que tuviera cuatro años por lo menos.

—Va a ser un niño, estoy seguro.

–Tú no puedes dictar el sexo del bebé, pero todo es muy bonito. De verdad.

–Me alegro de que te haya gustado –Alekos se levantó para dirigirse a la puerta–. Y ahora voy a darme una larga ducha fría porque, aunque en teoría estoy de acuerdo con los dormitorios separados, en la práctica es muy difícil de soportar. Te veré en la terraza para desayunar, cuando me haya enfriado un poco.

Capítulo 8

KELLY puso la mano en el picaporte del cuarto de baño.

Que se acostaran juntos o dejasen de hacerlo no iba a afectar al progreso de su relación. De hecho, estaba empezando a creer que era todo lo contrario; la abstinencia hacía que no pudiera pensar en otra cosa. Era como dejar el chocolate, en cuanto no podías comerlo no dejabas de pensar en él.

Kelly abrió la puerta antes de que pudiese cambiar de opinión.

Alekos estaba en la ducha, con los ojos cerrados, el agua cayendo sobre sus anchos hombros, su plano abdomen y...

Kelly levantó rápidamente la mirada, pero eso no ayudó mucho porque se encontró mirando la perfecta simetría de su rostro y la sensual línea de su boca.

Dejando caer al suelo el albornoz, entró en la ducha y se abrazó a su cintura.

–Me preguntaba cuánto tiempo ibas a estar mirándome.

–Tenías los ojos cerrados. ¿Cómo sabías que estaba en la puerta?

–Puedo sentirte –Alekos abrió los ojos–. Además, he oído que abrías la puerta. Y, a menos que mi ama de llaves hubiera decidido espiarme mientras estoy en la ducha, tenías que ser tú.

Kelly estaba segura de que todas las empleadas de la casa querrían verlo desnudo, pero intentó no pensar en ello.

—No decías de broma lo de la ducha fría —protestó, tiritando—. Está helada.

—Puedes tomártelo como un halago.

Temblando y con piel de gallina, Kelly soltó una carcajada.

—¿Tan insoportable es?

La respuesta de Alekos fue guiar su mano hacia la evidencia de su deseo.

—Ten en cuenta que me estoy dando una ducha helada.

Kelly cerró la mano y lo oyó contener el aliento.

—Yo diría que el agua fría no sirve de mucho. Tal vez deberíamos probar otra cosa —cerrando el grifo con la mano libre, se puso de rodillas sobre el suelo de la ducha y lo tomó en su boca.

No necesitaba entender griego para saber que él se había quedado sorprendido; una sorpresa que se convirtió en un gemido de placer cuando acarició el aterciopelado miembro con la boca.

—Kelly... —dijo con voz ronca tirando de ella—. Nunca habías hecho eso antes.

—Las cosas cambian.

Cuando su hambrienta boca buscó la suya en un beso apasionado, Kelly sintió un escalofrío.

Le gustaría decirle lo que estaba sintiendo en ese momento, pero no era capaz de formar una frase coherente.

Alekos la apretó contra la pared de la ducha y metió una mano entre sus piernas. Estaba intentando respirar y decir su nombre al mismo tiempo cuando sintió que deslizaba los dedos dentro de ella.

Encendida, cada centímetro de su cuerpo ardiendo, intentó decirle que debería volver a abrir el grifo del agua fría, pero Alekos estaba devorándola.

Quería decirle también que era increíble, pero antes de que pudiese apartarse él la tomó en brazos para llevarla a la habitación.

—Estoy mojada —protestó Kelly.

—Lo sé, *agapi mu* —Alekos sonrió mientras la dejaba sobre la cama.

Kelly intentó incorporarse, avergonzada porque estaban a plena luz del día, pero él sujetó sus muñecas con una mano y usó la otra para hacer exactamente lo que quería.

Con cada caricia, cada íntimo roce de su lengua, la llevaba más cerca del orgasmo. Kelly se movía, intentando aliviar la quemazón que sentía en la pelvis, pero Alekos sujetó sus caderas con las dos manos, sometiéndola a una sensual tortura.

Su lengua era húmeda e inteligente, sus dedos expertos... y el orgasmo la golpeó con fuerza mientras gritaba su nombre, clavando las uñas en sus hombros.

Mientras seguía temblando, Alekos entró en ella con una poderosa embestida que los unió completamente. Kelly gritó su nombre de nuevo, las sensaciones tan abrumadoras que le impedían respirar.

Agarrando su trasero con las dos manos, Alekos empujaba con fuerza, el sensual movimiento de sus caderas creando un placer casi insoportable.

Kelly le rodeó con los brazos el cuello y, cuando él levantó la cabeza para mirarla a los ojos, la conexión se convirtió en algo tan íntimo que sintió que algo se rompía dentro de ella.

La explosión final se los llevó a los dos juntos, dejándolos temblando y con el corazón acelerado.

Sin aliento, atónita, lo oyó jadear durante unos segundos hasta que pudo recuperar el aliento.

—Dime que no he sido demasiado bruto —murmuró, apartando el pelo de su cara.

Kelly sólo pudo negar con la cabeza.

—Eres perfecta —Alekos sonrió, satisfecho, mientras se tumbaba de espaldas, llevándola con él—. He intentado tener cuidado, pero eres mucho más pequeña que yo.

—Ha sido...

—Increíble. Tú has sido increíble, especialmente a la luz del día.

Kelly sintió que le ardían las mejillas al recordar su íntima exploración.

—No me has dejado alternativa.

—Después de lo que ha pasado en la ducha, *erota mou*, me parecía una pérdida de tiempo fingir que eras una tímida virgen —dijo él, con un brillo burlón en los ojos.

—A lo mejor necesitamos practicar más —Kelly deslizó una mano entre los dos, encantada con las diferencias entre ellos. Su piel era pálida en contraste con la bronceada de él, suave mientras él era duro, femenina contra masculino.

—Sigue haciendo eso y no nos levantaremos de la

cama en todo el día −Alekos sonrió, tirando de ella para colocarla encima.

−¿Qué haces?

−Me gusta la vista desde aquí.

Kelly decidió tomar la iniciativa y, sujetando el miembro con la mano, lo deslizó en su interior. Sintió una punzada de satisfacción al ver que sus ojos se oscurecían y, moviendo las caderas, esta vez fue ella quien sujetó las manos de Alekos sobre su cabeza.

Experimentaba una sensación de poder al tenerlo así, aunque sabía que podría haberse soltado cuando quisiera.

Inclinándose hacia delante, pasó la lengua por sus labios, sonriendo al verlo jadear.

−*Theé mou*, eres increíble −musitó él, levantando un poco las caderas para aumentar el ritmo. El pelo de Kelly cayó hacia delante formando una cortina mientras sus cuerpos se movían al mismo ritmo.

La última embestida se convirtió en una explosión de sensaciones. La intensidad del orgasmo hizo que cayese sobre su pecho, murmurando su nombre mientras caían juntos al abismo.

−¿Por qué cuatro hijos? −Alekos le colocó bien el sombrero sobre la cabeza para proteger su piel del sol.

−No lo sé, me pareció un bonito número. Yo fui hija única y siempre pensé que mi infancia habría sido más fácil si hubiera tenido hermanos. O hermanas, para intercambiarnos la ropa y pintarnos las uñas. ¿Y tú?

−Yo nunca he sentido la necesidad de pintarme las uñas.

Kelly sonrió mientras se ponía crema solar en las piernas.

–Qué alivio.

–¿Quieres que te ponga crema en la espalda?

–No –Kelly siguió extendiendo la crema por sus piernas–. La última vez que hiciste eso acabamos en la cama.

–¿Y eso es un problema?

–No, pero también me gusta hablar contigo.

–Puedo hablar y hacerte el amor al mismo tiempo.

Kelly lanzó sobre él una mirada de advertencia.

–Intenta estar unos minutos sin pensar en sexo. Inténtalo de verdad.

–Si vas a pavonearte por ahí con ese bikini minúsculo, me temo que va a ser imposible.

–Tú me has regalado este bikini. Pero no creo que pueda ponérmelo durante mucho tiempo –Kelly lo miró entonces, preguntándose si la referencia al embarazo enfriaría el ambiente.

Alekos sacó el móvil del bolsillo de la camisa.

–Perdona, tengo que hacer una llamada.

Con el móvil en la mano, se dirigió al otro lado de la terraza y Kelly dejó escapar un suspiro.

Aparentemente, mencionar el embarazo sí enfriaba el ambiente.

Después de diez días haciendo el amor casi continuamente, aún no podía relajarse. El sexo y los generosos regalos no eran suficiente y su ansiedad tenía fundamento. Alekos había dejado claro que no quería tener hijos y, aunque ahora entendiese el porqué, sabía que convertirse en padre no era lo que él quería.

Y una persona no cambiaba de un día para otro.

Ella había crecido viendo a su madre intentar convertir a su padre en un hombre familiar... y no había funcionado.

¿Estaba Alekos utilizando esa llamada para escapar de un tema del que le resultaba difícil hablar? ¿Significaba eso que seguía teniendo problemas para aceptar la situación?

Lo miró mientras paseaba por la terraza, su amante mediterráneo convirtiéndose en implacable hombre de negocios mientras ella razonaba consigo misma.

Pero estaba allí, ¿no? Eso tenía que contar. Mucho, además. Por supuesto, no iba a acostumbrarse a la idea de un día para otro, pero estaba intentándolo.

Kelly miró el precioso jardín que llegaba hasta la playa. Las flores atraían a los pájaros y a las abejas y los únicos sonidos eran el alegre canto de las cigarras y el sonido de las olas al fondo.

Era un paraíso.

Un paraíso con una nube en el horizonte.

Alekos cortó la comunicación y se volvió hacia ella con cara de enfado.

—¿Qué haces tú cuando tus alumnos se pelean?

—Los separo —contestó Kelly, sorprendida.

—¿Los separas?

—No dejo que se sienten juntos porque entonces ponen toda su energía en pegarse en lugar de escucharme.

Alekos marcó un número y, en griego, dio una serie de instrucciones. O algo que parecían instrucciones.

Kelly esperó pacientemente hasta que terminó de hablar.

—¿Qué ha pasado?

–Dos de mis ejecutivos son incapaces de trabajar juntos sin pelearse –Alekos se acercó a la mesa para servir dos vasos de limonada–. No quiero despedirlos porque son muy buenos y he estado intentando que aprendan a trabajar juntos, pero no se me había ocurrido separarlos. Es muy buena idea.

Ella sonrió, ridículamente halagada y aliviada al saber que había hecho la llamada por una cuestión de trabajo, no por la conversación sobre el niño.

–¿Vas a separarlos?

–Sí, los pondré en departamentos diferentes. Creo que deberías trabajar en mi empresa, podrías solucionar los problemas de recursos humanos que me vuelven loco.

–Venga ya...

–No, en serio. Eres muy lista –Alekos le dio un vaso de limonada.

–Sólo soy una profesora de primaria.

–Y por eso serías la más indicada para lidiar con algunos de los miembros de mi consejo de administración –bromeó él, mirando su reloj–. Ve a ponerte algo menos provocativo. Vamos a comer fuera.

–¿Fuera?

–Si quieres que hablemos, lo mejor será que vayamos a algún sitio lleno de gente.

La llevó a Corfú y, de la mano, pasearon por la vieja fortaleza, mezclándose con los turistas.

–¿Siempre quisiste ser profesora?

–Cuando era pequeña solía colocar mis juguetes en fila para darles clase –respondió Kelly, mientras buscaba algo en su bolso—. No puede ser, he perdido las gafas de sol y mi nuevo iPod. Sé que los guardé en el bolso, pero...

—Llevas las gafas de sol sobre la cabeza y yo tengo tu iPod –divertido, Alekos lo sacó de su bolsillo–. Te lo habías dejado en la cocina.

—¿En la cocina? Qué raro.

—Estaba en la nevera.

—Ah, debí dejarlo allí cuando me estaba sirviendo un vaso de leche.

—Sí, eso suena perfectamente lógico –replicó él, burlón–. Cuando pierdo algo, el primer sitio en el que miro es la nevera.

—Tú nunca pierdes nada porque eres exageradamente ordenado. Deberías relajarte un poco. Y no te metas conmigo, estoy muy cansada.

—¿Quieres que llamemos al médico?

—No, no, estoy bien. Sólo un poco cansada. Estoy embarazada, no enferma, sólo necesito dormir un rato.

Y tenía que dejar de pensar que un día Alekos no estaría a su lado cuando despertase.

—Pobrecita.

—Y no ayuda nada que seas insaciable.

—Creo recordar que has sido tú quien me ha despertado a las cinco de la mañana.

Kelly sintió que le ardían las mejillas cuando dos mujeres volvieron la cabeza.

—¿Te importaría bajar la voz?

—No deberían escuchar conversaciones privadas.

Pero Kelly sabía que las mujeres miraban a Alekos fueran donde fueran. Incómoda, decidió cambiar de conversación.

–Seguro que eras un niño muy aplicado.

–No, me aburría mucho en clase.

–Ah, pobres de tus profesores entonces. No me habría gustado ser profesora tuya.

Alekos se detuvo para abrazarla, apartando el pelo de su cara.

–Pero estás enseñándome muchas cosas. Todo el tiempo –dijo con voz ronca–. Cada día aprendo algo nuevo contigo.

–¿Ah, sí? ¿Qué, por ejemplo?

–A ser más paciente, a resolver los problemas de manera no violenta. A encontrar un iPod en la nevera...

–Ja, ja, muy gracioso. Pero tú también me enseñas cosas a mí.

–Tal vez no deberías decir en voz alta lo que te enseño, estamos en un sitio público. Para eso hemos venido aquí, ¿no?

–No me refería a eso, tonto.

Riendo, Alekos le dio un beso antes de llevarla por una calle estrecha hasta un restaurante en el que lo recibieron como a un héroe.

–Mi abuela solía traerme aquí porque hacen comida tradicional de la isla. Te gustará, ya verás.

–Querías mucho a tu abuela, ¿verdad? –Kelly tocó el anillo–. Ahora me siento culpable por haber estado a punto de venderlo. No sabía que hubiera sido de tu abuela y tampoco que fuera tan valioso. Casi me da un infarto cuando vi la puja de cuatro millones de dólares.

–Pero no tanto como cuando me viste en la puerta del colegio.

–Eso es verdad –Kelly querría preguntarle si había pensado dárselo a Marianna, pero decidió que su frágil relación no necesitaba cargas de profundidad–. Fue una sorpresa.

–¿Por qué decidiste ser profesora en Little Molting? Podrías haber dado clases en Londres o en cualquier otra ciudad.

Ella observó, sorprendida, que media docena de camareros se acercaban con bandejas.

–¿Cuándo hemos pedido? ¿O es que has leído mis pensamientos?

–No, aquí siempre ofrecen la especialidad del día. Si quieres auténtica comida griega, éste es el sitio perfecto. Pero no has respondido a mi pregunta.

–¿Sobre Little Molting? Quería vivir en un sitio pequeño, donde no me conociese nadie.

Alekos, que estaba sirviéndole *dolmades*, se quedó parado un momento.

–¿Por qué?

–La atención de los periodistas era insoportable cuando la boda se canceló. No me dejaban en paz. Por ti, claro, en realidad yo les daba lo mismo. ¿Te puedes imaginar lo que dirían sobre mí en una de esas revistas de cotilleos?: «Kelly nos ha invitado a visitar su precioso hogar. Y aquí estamos, en la cocina, donde pueden ver que... oh, cielos, ha olvidado tirar la basura» –al darse cuenta de que él no había dicho una palabra, Kelly levantó la mirada–. ¿Qué? ¿Hablo demasiado?

–No, no, en absoluto. El médico me dijo que la prensa te había perseguido el día de la boda.

–Sí, bueno, que no aparecieras debió ser una fiesta para ellos. Por razones que no puedo entender, algunas personas disfrutan con las miserias de otros. La gente a veces es decepcionante, ¿no crees?

–*Theé mou*, siento muchísimo lo que te hice pasar –se disculpó Alekos, tomando su mano–. La verdad es que no pensé en ello.

–Porque tú vives detrás de unos muros muy altos y tienes unos hombres de seguridad que parecen el increíble Hulk –Kelly miró su mano, preguntándose si se daría cuenta de que seguía llevando el anillo en la mano derecha. Tal vez se le había olvidado, los hombres eran desastrosos con esas cosas.

–¿Eres diestro o zurdo?

–Diestro, ¿por qué?

«Porque estoy intentando que te des cuenta de algo», pensó ella, sabiendo que la sutileza no era lo suyo.

–Yo también soy diestra –le dijo, moviendo los dedos.

–Tú eres diestra –repitió Alekos, un poco sorprendido–. Bueno, supongo que siempre está bien saber esas cosas. Pero de verdad lamento mucho lo que pasó ese día.

También ella lamentaba que no se diera cuenta de que llevaba el anillo en la mano derecha.

–Lo pasé muy mal, fue muy humillante. Y estaba furiosa contigo.

–¿Furiosa? Entendería que hubieras querido matarme.

–Sí, bueno, eso también. Me sentía como una idiota por haber pensado que alguien como tú estaría interesado en mí.

Y tal vez seguía siendo una idiota, tal vez era absurdo pensar que aquello podría salir bien.

–¿Por qué?

–En el mundo real, los multimillonarios no suelen salir con estudiantes sin dinero.

–Pues deberían. Serían más felices.

Le gustaría preguntarle si era feliz o qué sentía por el niño ahora que habían pasado unas semanas, pero tocar ese tema era como manejar un delicado jarrón de la dinastía Ming, le daba pánico que acabase en pedazos.

–Nuestra relación era demasiado intensa –murmuró–. Apenas dejábamos de besarnos un momento, así que era imposible mantener una conversación. Ninguno de los dos pensaba en el futuro... es lógico que te asustases al leer ese artículo en la revista.

Alekos respiró profundamente.

–No tienes que buscar excusas. Lo que hice estuvo mal.

–Ya, pero ahora lo entiendo un poco mejor. Tal vez si la revista no hubiera salido ese día estaríamos casados. ¿Quién sabe? Que saliera precisamente el día de la boda fue mala suerte.

–Lo que hice es imperdonable.

–Fue horrible, sí, pero no imperdonable. Ahora entiendo que los dos nos lanzamos de cabeza sin pensar, sin conocernos.

Él la miró, perplejo.

–Eres la persona más generosa que he conocido nunca.

–No tanto. Vivien podría contarte las cosas que he dicho de ti –Kelly miró su plato–. ¿Me perdonas por vender el anillo?

–Sí –respondió Alekos, sin vacilación–. Yo te empujé a hacerlo.

–Pero si era una herencia familiar, ¿por qué me lo regalaste?

–Porque quería hacerlo.

–Yo no sabía que fuese tan valioso. Cuatro millones de dólares... es una barbaridad.

–Vale mucho más que eso –dijo él–. Prueba el cordero. Lo hacen con hierbas y está delicioso.

–¿Más de cuatro millones de dólares? –exclamó Kelly, atónita.

–El anillo ha ido pasando de generación en generación en la familia de mi padre. Mi tatarabuelo lo recibió como recompensa por salvar la vida de una princesa hindú. O eso dice la leyenda –Alekos sonrió–. Sospecho que la piedra tiene un origen mucho menos romántico, pero nunca lo he investigado.

–Mejor, no quiero saber su valor real –dijo Kelly–. En cuanto salgamos de aquí, te lo devolveré. No quiero llevar algo tan caro. Me lo dejaría en la nevera o algo así... ya sabes que soy un desastre.

–Está perfectamente a salvo en tu dedo –replicó Alekos, divertido.

Pero Kelly no podía seguir fingiendo que no le importaba llevarlo en la mano derecha.

Se llevaban bien, hacían el amor sin parar, pero Alekos no había hablado del futuro. No había mencionado el matrimonio.

No había dicho «te quiero».

Y tampoco ella porque le daba miedo esperar demasiado o decir algo que él no quisiera escuchar. Por las noches, en la cama, tenía que hacer un esfuerzo para contenerse, temiendo que las palabras salieran de su boca sin que se diera cuenta.

Kelly dejó el tenedor a un lado y tomó un sorbo de agua.

Aún era pronto, se dijo a sí misma. Además, estaban construyendo una nueva relación. Una mejor, más profunda y duradera.

Tenía que darle tiempo.

Pero pensar eso no aliviaba el pellizco que sentía en el estómago.

Capítulo 9

QUE VAMOS a Italia a pasar la tarde? –exclamó Kelly. Ella nunca podría ser tan despreocupada sobre los viajes al extranjero–. ¿Dónde vamos exactamente?

–A Venecia, a una exposición de arte –Alekos no la miraba a los ojos y ella tenía la sensación de que le ocultaba algo.

–¿Y podemos dar un paseo en góndola?

–Eso es para turistas.

–Es que yo soy una turista –protestó Kelly, saltando de la cama para seguirlo al vestidor–. Siempre he querido dar un paseo en una góndola.

Alekos sonrió mientras tomaba un traje y una camisa.

–Muy bien, iremos a dar un paseo en góndola mañana, antes de volver a casa. Pero la de esta noche es una exposición muy elegante, tienes que arreglarte.

Kelly se llevó una mano al estómago.

–Tendré que ponerme algo ancho porque empiezo a tener tripa, debe ser la comida griega.

–O el niño –dijo él, poniendo una mano sobre la suya. En silencio, inclinó la cabeza para besarla antes de sacar una caja del armario–. Te he comprado un vestido, espero que te guste.

–Y yo espero que disimule lo gorda que estoy –Kelly sonrió, nerviosa. Alekos había mencionado al niño por primera vez–. Pero al menos yo tengo una excusa. Lo peor es cuando alguien te pregunta de cuántos meses estás y tú tienes que decir que no estás embarazada –emocionada por su inesperada reacción, siguió hablando sin parar mientras abría la caja–. Casi merece la pena estar embarazada para siempre, así tienes una excusa para llevar ropa ancha... ¡Alekos, es precioso!

Era un vestido largo, de seda color champán.

–¿Te gusta de verdad?

–Muchísimo. Es perfecto.

–Espero que no tropieces con la falda.

–Yo también. Con un poco de suerte, no habrá escaleras –murmuró ella, acariciando la tela–. ¿Dónde lo has comprado?

–Lo han hecho especialmente para ti... en Atenas.

¿Era su imaginación o de repente parecía extrañamente tenso? Tal vez no se había mostrado suficientemente entusiasmada y pensaba que estaba siendo desagradecida.

–Me encanta, en serio. Es precioso. Nunca había tenido un vestido hecho especialmente para mí –le dijo, poniéndose de puntillas para besarlo.

–Mira, también hay unos zapatos forrados con la misma tela.

Kelly miró el tacón con cara de susto.

–¿En esa galería de arte habrá cosas muy valiosas?

–No te preocupes, no vas a resbalar, *agapi mu* –relajado de nuevo, Alekos se dirigió a la ducha–. Tu estilista llegará en media hora. ¿Por qué no descansas un rato?

–Mi estilista –Kelly tuvo que sonreír–. No sé si alegrarme o no. Yo debería saber lo que me queda bien, pero es estupendo poder culpar a otra persona si sales hecha un desastre. ¿Volveremos a casa esta noche?

–No, tenemos una suite en el hotel Cipriani.

–¿El hotel Cipriani? Lo he oído nombrar. Allí van muchos famosos... George Clooney, Tom Cruise, Alekos Zagorakis...

–Y Kelly –dijo él.

–Y Kelly. Espero que George Clooney no se sienta amenazado por mi presencia. Pobrecito, lo dejaría en la sombra.

Cuando la limusina se detuvo frente a una larga alfombra roja, Kelly se encogió en el asiento.

–No me habías dicho que habría cámaras y cientos de personas mirando.

–¿Qué importa eso?

–Yo no puedo andar con estos tacones delante de tanta gente.

–Si te lo hubiera dicho habrías venido preocupada todo el camino –Alekos apretó su mano–. Esta vez, yo estoy contigo. Sólo tienes que sonreír y mostrarte digna.

–No es fácil mostrarse digna cuando estás tirada de bruces en el suelo y eso es lo que me pasará si tengo que recorrer la alfombra delante de toda esa gente.

–Yo te llevaré de la mano.

–¿No puedo quitarme los zapatos?

–No, a menos que quieras llamar la atención de verdad. Venga, sonríe –la animó Alekos cuando se abrió la puerta de la limusina–. Déjame el resto a mí.

Los fogonazos de las cámaras la cegaron por un momento, pero al ver a la gente que gritaba a ambos lados de la alfombra sintió una oleada de pánico. Y habría vuelto a meterse en la limusina si Alekos no la hubiera sujetado del brazo.

–Levanta la barbilla mientras caminas... así está mejor –sonriendo, la llevó hasta la puerta de la galería–. Ya puedes relajarte.

–Lo dirás de broma –Kelly miró alrededor, nerviosa–. No podré relajarme hasta que nos hayamos ido sabiendo que no he roto nada.

–Aunque rompieras algo nadie se atrevería a protestar –dijo él–. Soy uno de los patrocinadores de la galería. Y no, antes de que lo preguntes, eso no me hace sentir particularmente feliz.

–Ni siguiera yo me siento particularmente feliz sólo por ver un cuadro –le confesó ella, estirando el cuello para mirar alrededor–. ¿Por qué das dinero a un museo en Venecia?

–También apoyo museos en Atenas. Ven conmigo, quiero presentarte a una persona –Alekos la llevó entre la gente hacia un hombre que estaba admirando un cuadro–. Constantine.

Era un hombre de cierta edad, con el pelo blanco pero atractivo a pesar de los años.

–¡Alekos!

Después de intercambiar unas palabras en griego, Alekos se lo presentó.

–Ah –Constantine sonrió–. De modo que los demás estamos rodeados de valiosas obras de arte, pero tú consigues aparecer con algo más valioso del brazo –bromeó, llevándose su mano a los labios–. Ni el oro del Renacimiento brilla tanto como una mujer enamorada. Me alegro de conocerte, Kelly. Y ya era hora, Alekos.

Kelly sintió que se ponía tenso. Tenía que hacer algo, decir algo...

—Me encanta ese cuadro —fue lo primero que se le ocurrió—. ¿Es un... Canaletto?

Constantine la miró con curiosidad y después señaló la placa bajo el cuadro, que decía *Bellini*.

Ella sonrió, avergonzada.

—Ah, Bellini, claro. ¿Hay una tienda de regalos donde pueda comprar algún recuerdo para los niños?

—¿Niños? —Constantine miró a Alekos, que estaba inmóvil como una estatua—. Qué buena noticia. ¿Hay alguna razón para darte la enhorabuena?

—No —respondió él—. No hay razón para darme la enhorabuena.

—Me refería a mis alumnos —se apresuró a decir Kelly—. Soy profesora de primaria.

—¿Aún no eres padre, Alekos?

—No, no soy padre.

Ella sintió como si la hubiera abofeteado.

Se sentía enferma. ¿De verdad había dicho eso?

Seguía sin querer contárselo a nadie. Seguía negando la existencia del niño.

Ojalá pudiese beber el champán que circulaba por la galería, pero tuvo que conformarse con un zumo de naranja, que no servía para aliviar el dolor. Alekos había cambiado de tema, pero ella estaba tan disgustada que no quería ni mirarlo.

«No soy padre». Había dicho esas palabras.

«No soy padre».

¿Qué estaba haciendo?, se preguntó entonces. Había querido convencerse a sí misma de que su relación era normal, pero no lo era.

Estaba engañándose al creer que, de repente, Alekos iba a querer tener hijos. Y por mucho que quisiera entender su punto de vista, no iba a dejar que su hijo tuviera una familia tan desastrosa como la que ella había tenido. De ninguna manera iba a dejar que su hijo esperase sentado en la puerta a un padre que no estaba interesado en serlo.

«No soy padre».

–¡Alekos! –una mujer delgadísima se unió al grupo, besando primero a Alekos y luego a Constantine. Y luego miró su vestido–. ¿Ella es...?

–Tatiana, te presento a Kelly Jenkins –la interrumpió Alekos.

Kelly se preguntó por qué su vestido despertaba tanta admiración. Qué superficial era aquella gente. Sí, era bonito, pero ningún vestido, por bonito que fuese, podría compensar una relación desastrosa.

«No soy padre».

–¿Por qué mira mi vestido con esa cara?

Tatiana rió, un sonido tan agradable como el de una copa de cristal rompiéndose.

–Lo ha hecho Marianna, ¿verdad? Qué suerte. Ella sólo diseña para unos cuantos elegidos. Completamente imposible que te haga nada... a menos que ocupes un lugar especial en su corazón, claro.

Marianna.

¿Marianna?

Kelly miró a la mujer de nuevo. Y luego miró el

vestido dorado, recordando lo tenso que estaba Alekos cuando se lo regaló.

Y era lógico, claro. Debía haber temido que ella lo supiera.

¿Qué clase de hombre regalaba a su prometida un vestido hecho por una ex novia?

El mismo hombre que seguía negando la existencia de su hijo. El mismo hombre insensible que no le había dicho que se pusiera el anillo en la otra mano.

Con los ojos empañados, Kelly miró el cuadro de Bellini, preguntándose si los hombres del Renacimiento habrían sido más considerados que sus contemporáneos.

Decidida, dejó el zumo de naranja sobre una mesita y se dirigió a la puerta de la galería. Pero mientras corría por la alfombra roja, sus ojos se llenaron de lágrimas.

Había esperado que algo terminase hecho pedazos esa noche. Pero no había esperado que fuera su corazón.

La suite del hotel era como una cápsula de cristal suspendida sobre la laguna, pero si Alekos había esperado que ella mostrase entusiasmo iba a llevarse una desilusión.

Alekos había salido tras ella de la galería y, sin decir nada, la había ayudado a subir a la limusina. Cuando llegaron al hotel, Kelly entró en la suite, se quitó los zapatos y los dejó donde habían caído, sin mirar. Y ahora estaba intentando bajar la cremallera del vestido, decidida a no pedirle ayuda.

Estaba furiosa, más enfadada que nunca.

Alekos intentó ayudarla, pero ella le dio un manotazo.

—No me toques —le advirtió, con voz temblorosa—. No, mejor ayúdame a quitarme este estúpido vestido de una vez. No quiero llevar algo que ha hecho tu ex novia.

Él respiró profundamente.

—Se me ocurrió que podría disgustarte que fuese de Marianna, por eso no te lo dije.

—Habría sido mejor que no me regalases un vestido hecho por ella, ¿no te parece?

—Sabía que ir a esa exposición te pondría nerviosa y pensé que te sentirías más cómoda llevando algo que te gustase de verdad —intentó explicar Alekos mientras bajaba la cremallera—. Sus vestidos están muy cotizados y pensé que te daría confianza...

—¿Confianza? —lo interrumpió ella, volviéndose para fulminarlo con la mirada—. ¿Crees que me da confianza que alguien me diga en público que llevo un vestido hecho por tu ex novia?

—Yo no sabía que Tatiana iba a reconocerlo.

—Ah, bueno, entonces no pasa nada —Kelly sacudió la cabeza mientras se quitaba el vestido y lo dejaba caer al suelo—. Soy idiota, de verdad, soy idiota.

Apartando la mirada de la generosa curva de sus pechos, Alekos intentó concentrarse en la conversación.

—No eres idiota...

—Aléjate de mí. Sólo tú podrías convertir la ciudad más romántica del mundo en un infierno —Kelly se acercó a la ventana, sin pensar que estaba en ropa interior—. El fondo de esa laguna debe estar lleno de cadáveres de mujeres... mujeres que se han lanzado al agua después de pasar una noche con hombres como tú.

Levantando los ojos al cielo, Alekos se acercó.

—Marianna hace vestidos únicos, es una de las diseñadoras más famosas de Grecia. Tiene una lista de espera de cuatro años porque es la mejor y yo quería regalarte el mejor vestido.

—No puedo creer que seas tan insensible.

—Estoy contigo, no con ella.

—No, no estás conmigo, Alekos. En realidad, no estamos juntos —Kelly se volvió, el rímel mezclándose con las lágrimas.

Y luego, sin pensar, se pasó una mano por la cara, extendiendo la mancha. Alekos, que nunca antes se había conmovido al ver llorar a nadie, sintió que se le encogía el corazón.

—¿Me has dicho «te quiero» alguna vez? No, claro que no. Por la sencilla razón de que no me quieres. Te gusta acostarte conmigo, pero ahora voy a tener un hijo tuyo... ¡y es un desastre! Toda esta situación es un completo desastre y no tendría que ser así —Kelly empezó a sollozar, pero cuando Alekos puso una mano en su hombro la apartó de un manotazo—. Has vuelto a hacerlo. Cuando Constantine preguntó si debía felicitarte, le dijiste que no. Le dijiste que no ibas a ser padre.

Él se quedó mirándola con los brazos a los lados, sabiendo que si la tocaba se pondría a gritar.

—Kelly...

—¡No! Déjate de excusas, ya estoy harta. Y estoy harta de tener miedo.

–¿Miedo de qué?

–Me da miedo decir algo que pueda recordarte que estoy embarazada... y no dejo de preguntarme cuándo vas a desaparecer –Kelly sacudió la cabeza–. No quiero que nuestro hijo crezca preguntándose si vas a estar ahí o no, sintiendo como si hubiera hecho algo malo. ¡Yo sé lo que es esperar a un padre que no aparece nunca!

Sorprendido por tal afirmación, Alekos se quedó en silencio, esperando que siguiera hablando, como hacía siempre, que le contase todo lo que llevaba dentro. Pero Kelly se dio la vuelta para mirar la laguna.

–Quiero irme a casa, a Little Molting.

–¿Te quedabas en la puerta, esperando a tu padre? ¿Eso es lo que te pasó? ¿Tu padre te dejó?

–No quiero hablar de ello.

–*Theé mou*, ¿hablas de todo lo demás y no quieres hablar de eso precisamente? ¿Por qué no me lo habías contado?

Kelly tardó un momento en contestar:

–Porque hablar no ayuda nada.

–No creo que éste sea el mejor momento para cerrarte en banda. Háblame de tu padre, es importante para mí.

Ella se dio la vuelta, secándose las lágrimas de un manotazo.

–Mi madre se pasó la vida intentando convertirlo en algo que no era.

–¿Y qué era eso?

–Un marido, un padre. Pero él no quería tener hijos. Mi madre pensó que acabaría acostumbrándose, pero no fue así. De vez en cuando le molestaba la conciencia y llamaba por teléfono para decir que iba a verme –su voz se rompió en ese momento–. Yo le decía a mis amigas que mi padre iba a llevarme al cine y me sentaba en la puerta a esperar... pero no aparecía. Eso te hace sentir fatal, te lo aseguro. Mi infancia no fue precisamente un cuento de hadas.

Y ella siempre había querido un cuento de hadas, pensó Alekos, pasándose una mano por el pelo.

–¿Por qué no me habías contado eso antes?

–Ya te lo he dicho: hablar de ello no me ayuda y no tenía nada que ver con nosotros.

–Tiene mucho que ver con nosotros, Kelly. Explica por qué te cuesta tanto confiar en mí. Explica por qué me miras con cara de susto muchas veces, por qué esperas que te falle.

–La razón por la que te miro con cara de susto es que sé que no era esto lo que tú querías y sé que este tipo de situación nunca tiene un final feliz. Podríamos seguir juntos durante un tiempo, pero tarde o temprano acabarías por marcharte y no es eso lo que quiero. Ya no creo en los cuentos de hadas –dijo ella, con voz temblorosa–. Pero sí creo que merezco algo mejor. Y mi hijo también.

Sin mirarlo, Kelly se dirigió al dormitorio y cerró la puerta.

Y, mirando esa puerta cerrada, Alekos supo que era un gesto simbólico.

Lo había dejado fuera de su vida.

Kelly marcó el número de Vivien por enésima vez y dejó un nuevo mensaje.

Necesitaba desesperadamente hablar con alguien, pero su amiga no contestaba al teléfono.

Suspirando, buscó un pañuelo de papel para sonarse la nariz. Pero tenía que dejar de llorar. Aquello era ridículo. ¿Cuánta agua podía perder una persona en veinticuatro horas sin ponerse enferma?

Había ido llorando desde Venecia hasta Corfú. Y cuando no estaba dándole pañuelos, Alekos se dedicaba a trabajar, levantando ocasionalmente la cabeza del ordenador.

No había intentado retomar la conversación de la noche anterior. Seguramente creía que había perdido la cabeza, pensó Kelly.

Le había dicho que quería volver a Inglaterra de inmediato y él respondió que se encargaría de organizar el vuelo, pero en cuanto llegaron a la villa desapareció en su despacho.

De modo que estaba de vuelta en la suite, intentando no mirar la cama que dominaba la preciosa habitación.

Después de darse una ducha se puso un pantalón corto y una sencilla camiseta y fue al vestidor para sacar su maleta.

¿De qué le servirían todos esos vestidos en Little Molting?, se preguntó. No podía dar clases con un delicado vestido de lino.

Y tampoco podría ponerse los preciosos zapatos de tacón a menos que Alekos estuviera a su lado, sujetándola.

Intentando no pensar en eso, volvió al dormitorio y vio una nota sobre la cama. Pensando que serían los detalles del vuelo, la leyó: *Nos vemos en la playa en diez minutos. Lleva el anillo.*

Por supuesto, el anillo.

Apretando los dientes para contener las lágrimas, Kelly arrugó la nota y la tiró a la papelera. Ah, claro, no quería que desapareciese con su carísimo anillo por segunda vez.

Kelly miró el diamante que había estado con ella durante esos cuatro años. La idea de separarse de él resultaba horriblemente triste

Pero se lo llevaría en persona.

Y luego volvería a su antigua vida e intentaría seguir adelante sin Alekos.

Kelly bajó por el camino que llevaba a la playa, intentando no pensar en lo maravilloso que hubiera sido criar a su hijo allí, entre los olivos y las buganvillas.

Sentía como si alguien le hubiera hecho un agujero en las entrañas. Como si hubiera perdido algo que ya no podría recuperar nunca.

Deteniéndose un momento, cerró los ojos. Sólo tendría que soportar aquellos últimos cinco minutos y todo habría terminado. Se marcharía de Corfú y no volverían a verse.

Decidida a portarse con dignidad, llegó a la playa... y se quedó inmóvil.

Frente a ella había un semicírculo de sillas y, delante de las sillas, alguien con mucha imaginación había creado un arco con flores, un arco iris de colores sobre una pérgola que formaba una especie de puerta frente al mar.

Parecía el decorado de una película romántica.

Pero no tenía ningún sentido.

–¿Kelly?

Le pareció escuchar la voz de Vivien, pero no podía ser...

Y sin embargo, allí estaba, corriendo hacia ella,
con un vestido largo que se enredaba entre sus largas
piernas.

Riendo y llorando al mismo tiempo, Kelly la abrazó.

–He estado llamándote... ¿qué llevas puesto? –exclamó, dando un paso atrás para mirar a su amiga–.
Estás fantástica, pero no entiendo nada...

–¡Soy tu dama de honor! –gritó Vivien–. Alekos
me dijo que tenía que ser una sorpresa, así que apagué
el móvil porque ya sabes que soy incapaz de guardar
un secreto y sabía que si hablaba contigo acabaría por
contártelo. ¿Estás contenta?

Estaba más bien desconcertada.

–Pero... yo no necesito una dama de honor. No voy
a casarme.

–Pues claro que sí. Alekos me ha traído hasta aquí
para eso. He venido en su jet privado... y no voy a decirte cuántos mojitos he tomado, pero tengo un dolor
de cabeza espantoso. Venga, vamos.

–Te has adelantado, Vivien –dijo Alekos entonces–. Yo debería haber hablado con ella... Kelly no
sabe nada de esto.

–¿Qué? –Vivien lo miró, perpleja–. ¿Kelly no sabe
que vais a casaros? Cuando me dijiste que era una sorpresa, pensé que la sorpresa era que yo fuese la dama
de honor, no la boda.

–Las cosas no salen siempre como uno quiere y eso
es especialmente cierto en mi relación con tu amiga
–inusualmente inseguro, Alekos tomó la mano de

Kelly–. Anoche, en Venecia, iba a pedirte que te casaras conmigo, por eso te llevé allí.

Vivien se llevó una mano al corazón.

–Ay, Dios mío.

–Vivien... –dijo Alekos, sin dejar de mirar a Kelly–. Si vuelves a abrir la boca sin permiso, jamás volverás a viajar en mi avión privado.

Vivien hizo el gesto de abrocharse una cremallera en la boca, pero Kelly estaba mirándolo a él.

–¿Ibas a pedirme que me casara contigo? Pero cuando Constantine te preguntó si ibas a ser padre, tú dijiste que no... no, lo siento, esta vez no puedes engañarme.

–Estaba nervioso porque iba a pedirte que te casaras conmigo y temía que dijeras que no. Después de lo que pasó la última vez, ¿por qué ibas a confiar en mí? Por eso te llevé a una de las ciudades más románticas del mundo.

–Pero Constantine...

–Me preguntó si era padre y yo le dije que no porque para mí ser padre es mucho más que crear un hijo. Eso es lo que hizo el tuyo, pero nunca fue un padre de verdad, ¿no? –le preguntó Alekos con voz ronca–. Ser padre es querer a tu hijo más que a ti mismo, poner su felicidad por delante de la tuya, protegerlo de todo y hacerle ver que, pase lo que pase, estarás a su lado. Podría decirte que yo tengo intención de hacer todo eso, pero sería más elocuente demostrarlo. Y para eso necesito tiempo.

Kelly no podía respirar.

–¿Tiempo?

–Digamos que cincuenta años más o menos –dijo

Alekos–. Y muchos hijos. Tal vez después de cuatro hijos y cincuenta años, si alguien me pregunta si soy padre podré decirle que lo soy.

Ella tragó saliva.

–Pensé que la idea de ser padre te asustaba.

–No he dicho que no esté asustado, lo estoy. Pero sigo aquí, apretando tu mano. Y hablando de manos... –Alekos le puso el anillo en la mano izquierda.

–Alekos...

–Te quiero, *agapi mu*, porque eres generosa, divertida y la mujer más sexy del mundo. Me encanta que tengas que sujetarte a mi brazo cuando llevas zapatos de tacón, me encanta que odies los trocitos de cosas que flotan en las bebidas... incluso me gusta que tires las cosas por cualquier parte –Alekos apartó el pelo de su cara–. Y me encanta que hubieras sido capaz de marcharte para proteger a nuestro hijo. Pero no tienes que hacerlo, Kelly. Protegeremos juntos a nuestro hijo.

Temiendo creer lo que estaba pasando, Kelly miró el anillo.

–¿Me quieres de verdad?

–No tengas la menor duda. Si siempre vas a dudar de mí, esto no saldrá bien. Me gustaría pensar que nunca voy a decir algo equivocado, pero soy un hombre, de modo que tarde o temprano diré algo que te moleste... como anoche, en Venecia –Alekos abrió los brazos en un gesto de disculpa.

–Anoche no me dijiste que me querías. Yo me moría por escucharlo... quería que me pusieras el anillo en la otra mano, pero no lo hiciste.

Él asintió con la cabeza, apenado.

—Hace cuatro años te dejé plantada el día de nuestra boda. Sé que es difícil perdonar eso y temía que si te lo pedía demasiado pronto me dirías que no. Me daba pánico que me rechazases, por eso estaba esperando.

Su relación había ido haciéndose más profunda con el paso de los días, era cierto.

—Pensé que no me querías.

—Quería que estuvieras segura de que te amaba.

—Alekos...

—Aunque no sea capaz de decir las palabras adecuadas, quiero que sepas que eso es lo que siento, que eso es lo que hay en mi corazón —Alekos bajó la cabeza para besarla y, durante unos segundos, los dos se quedaron en silencio.

Vivien se aclaró la garganta entonces.

—Ya está bien. Para mí es evidente que te quiere, Kel. Por favor, tú no tienes un céntimo, eres la persona más desordenada del mundo y, aunque te pones muy guapa cuando quieres, con tacones pareces un pato mareado. Así que, básicamente, este hombre tiene que quererte mucho para casarse contigo.

—Gracias.

—De nada. ¿Podemos seguir adelante con la boda? Se me está quemando la nariz.

Medio riendo, medio llorando, Kelly miró a Alekos.

—¿Quieres que nos casemos aquí? ¿Ahora? No puedo creer que hayas organizado todo esto en la playa.

—Quería darte tu cuento de hadas —dijo él, emocionado—. Y sí, vamos a hacerlo ahora mismo. No voy a cambiar de opinión, Kelly. Sé lo que quiero y creo saber lo que tú quieres. Ninguno de los dos necesita una gran ceremonia o miles de invitados. Si me dices que sí, tengo dos personas esperando en la villa: mi director jurídico, Dmitri, que además es mi mejor amigo y el hombre que va a casarnos.

–Pero no puedo casarme en pantalón corto –protestó ella.

–¡Pues claro que no! –exclamó Vivien, señalando un montón de bolsas sobre una silla–. Afortunadamente, ha traído un vestido de novia.

Kelly miró a Alekos, preguntándole con la mirada si era un vestido de Marianna.

–No, no –se apresuró a decir él–. He hecho que trajeran diez vestidos diferentes. Puedes elegir el que quieras.

–¿Diez? –murmuró Kelly.

–Quería que pudieses elegir –Alekos sonrió–. Y, además, creo que debe ser una sorpresa para el novio.

Emocionada, Kelly levantó una mano para acariciar su rostro.

–Te quiero –murmuró, con los ojos llenos de lágrimas.

–¡No llores! Te pones horrible cuando lloras y se supone que tengo que maquillarte –protestó Vivien–. Y no se puede hacer nada con unos ojos hinchados y una nariz roja. Alekos, ve a dar un paseo mientras elegimos el vestido. No debes ver a la novia, trae mala suerte.

–Podría vestirme en la casa –sugirió Kelly.

–No pienso arriesgarme –dijo él–. Te quiero y quiero casarme contigo ahora mismo. No me importa que lleves pantalón corto.

–¡Alekos Zagorakis, mi amiga no va a casarse en

pantalón corto! –exclamó Vivien–. Una mujer mira las fotos de su boda durante toda la vida y nadie puede llorar al verse en pantalón corto –indignada, lo empujó–. Muy bien, ve a buscar al padrino y vuelve en diez minutos.

Diez minutos después, Kelly estaba bajo la pérgola de flores, con el vestido de novia más bonito que había visto en toda su vida, mirando al único hombre al que había amado en toda su vida.

Y Vivien le estaba poniendo ojitos a Dmitri.

–Tengo la impresión de que ni tu dama de honor ni el padrino están muy atentos –murmuró Alekos, apretando a Kelly contra su pecho ante la mirada de desaprobación del hombre que los casaba–. Puede que tengamos que hacer esto sin su ayuda.

Kelly miró su ramo de novia.

–No me puedo creer que vayamos a casarnos. Pensé que lo nuestro no terminaría así.

–¿Es el cuento de hadas que querías? Tal vez debería traer traído una carroza tirada por un par de caballos blancos.

Ella soltó una carcajada.

–No podrías traer una carroza a la playa –le dijo, poniéndose de puntillas para besarlo–. Pero has conseguido traer lo más importante.

–Estamos hechos el uno para el otro –dijo Alekos–. Para siempre.

Kelly sonrió, enamorada.

–Eso suena a cuento de hadas. Mi cuento de hadas.

Bianca™

Estaba dispuesto a averiguar
si sus sospechas eran ciertas

Elizabeth Jones creía que iba a conocer a su padre, pero el arrogante Andreas Nicolaides tenía otros planes para aquella hermosa desconocida que se presentó sin previo aviso en su casa. ¿No se trataría de una cazafortunas decidida a hacerse con la herencia de su padrino? Para averiguarlo y no perderla de vista, la haría trabajar para él. Lo que Andreas no había calculado era hasta qué punto sus sensuales curvas se convertirían en una constante distracción que le haría olvidar su labor de detective por una mucho más entretenida: comprobar si Elizabeth era igual de modosa fuera de las horas de trabajo…

Amor bajo sospecha
Cathy Williams

Amor bajo sospecha

Cathy Williams

Acepte 2 de nuestras mejores novelas de amor GRATIS

¡Y reciba un regalo sorpresa!

Oferta especial de tiempo limitado

Rellene el cupón y envíelo a
Harlequin Reader Service®
3010 Walden Ave.
P.O. Box 1867
Buffalo, N.Y. 14240-1867

¡Si! Por favor, envíenme 2 novelas de amor de Harlequin (1 Bianca® y 1 Deseo®) gratis, más el regalo sorpresa. Luego remítanme 4 novelas nuevas todos los meses, las cuales recibiré mucho antes de que aparezcan en librerías, y factúrenme al bajo precio de $3,24 cada una, más $0,25 por envío e impuesto de ventas, si corresponde*. Este es el precio total, y es un ahorro de casi el 20% sobre el precio de portada. !Una oferta excelente! Entiendo que el hecho de aceptar estos libros y el regalo no me obliga en forma alguna a la compra de libros adicionales. Y también que puedo devolver cualquier envío y cancelar en cualquier momento. Aún si decido no comprar ningún otro libro de Harlequin, los 2 libros gratis y el regalo sorpresa son míos para siempre.

416 LBN DU7N

Nombre y apellido	(Por favor, letra de molde)
Dirección	Apartamento No.
Ciudad	Estado	Zona postal

Esta oferta se limita a un pedido por hogar y no está disponible para los subscriptores actuales de Deseo® y Bianca®.
*Los términos y precios quedan sujetos a cambios sin aviso previo.
Impuestos de ventas aplican en N.Y.

SPN-03 ©2003 Harlequin Enterprises Limited

Deseo™

Engaño y amor

MAXINE SULLIVAN

El millonario playboy Adam Roth necesitaba una amante para librarse de
las atenciones de la esposa de su mejor amigo. Por eso, cuando Jenna
Branson se enfrentó a él exigiéndole
que le devolviera a su hermano el dinero que los Roth le habían robado,
Adam pensó que era la mujer perfecta para el papel. Él se ofreció a tener
en cuenta su reclamación a cambio
de que ella fingiera ser su amante.
Pero una confrontación ineludible les
obligó a elegir entre la lealtad a sus
familias y la oportunidad de encontrar el amor verdadero.

*¿Sería su juego de seducción sólo una
tapadera?*

Bianca™

A aquel hombre no le gustaban los compromisos…

Al multimillonario Warwick Kincaid le gustaba correr riesgos, siempre que no le hablaran de matrimonio e hijos. Y el máximo tiempo que estaba con una mujer era doce meses.

Warwick le pidió a Amber Roberts que se fuera a vivir con él al lujoso piso que tenía en Sidney, y ella se atrevió a soñar con que cambiara… Pero después de diez meses juntos, Warwick empezó a comportarse de forma fría y distante. Y ella se preguntó si se habría acabado el plazo de estar con él…

Un hombre indómito

Miranda Lee